U0865552

学生阅读馆

Xuesheng Yuedu Guan

倾听闻一多

Qing Ting Wenyiduo

七子之歌

闻一多 著

吾人 选编

倾听文学书系

中国广播电视出版社

CHINA RADIO & TELEVISION PUBLISHING HOUSE

目录

爱国思乡·赤子之心

触景抒情·东方之魂

寄怀情思·诗人之爱

随感杂评

文艺札记

倾听闻一多

·爱国思乡·赤子之心·

七子之歌

邶有七子之母不安其室。七子自怨自艾，冀以回其母心。诗人作《凯风》以愍之。吾国自尼布楚条约迄旅大之租让，先后丧失之土地，失养于祖国，受虐于异类，臆其悲哀之情，盖有甚于《凯风》之七子。因择其与中华关系最亲切者七地，为作歌各一章，以抒其孤苦亡告，眷怀祖国之哀忱，亦以励国人之奋兴云尔。国疆崩丧，积日既久，国人视之漠然。不见夫法兰西之 Alsace-Lorraine[1]耶？“精诚所至，金石能开。”诚如斯，中华“七子”之归来其在旦夕乎！

澳　门

你可知“妈港”不是我的真名姓？……
我离开你的襁褓太久了，母亲！
但是他们掳去的是我的肉体，
你依然保管着我内心的灵魂。
三百年来梦寐不忘的生母啊！
请叫儿的乳名，叫我一声“澳门”！
　　母亲！我要回来，母亲！

香　港

我好比凤阙阶前守夜的黄豹，
母亲呀，我身分虽微，地位险要。
如今狞恶的海狮扑在我身上，
啖着我的骨肉，咽着我的脂膏；
母亲呀，我哭泣号啕，呼你不应。
母亲呀，快让我躲入你的怀抱！
　母亲！我要回来，母亲！

台　湾

我们是东海捧出的珍珠一串，
琉球是我的群弟我就是台湾。
我胸中还氲氤着郑氏的英魂，
精忠的赤血点染了我的家传。
母亲，酷炎的夏日要晒死我了；

赐我个号令，我还能背城一战。
　　母亲，我要回来，母亲！

威 海 卫

再让我看守着中华最古的海，
这边岸上原有圣人的丘陵在。
母亲，莫忘了我是防海的健将，
我有一座刘公岛作我的盾牌。
快救我回来呀，时期已经到了。
我背后葬的尽是圣人的遗骸！
　　母亲！我要回来，母亲！

广 州 湾

东海和硇洲是一双管钥，
我是神州后门上的一把铁锁。

你为什么把我借给一个盗贼？
母亲呀，你千万不该抛弃了我！
母亲，让我快回到你的膝前来，
我要紧紧的拥抱着你的脚髁。
　　母亲！我要回来，母亲！

九　龙

我的胞兄香港在诉他的苦痛，
母亲呀，可记得你的幼女九龙？
自从我下嫁给那镇海的魔王，
我何曾有一天不在泪涛汹涌！
母亲，我天天数着归宁的吉日，
我只怕希望要变作一场空梦。
　　母亲！我要回来，母亲！

旅顺，大连

我们是旅顺，大连，孪生的兄弟。
我们的命运应该如何的比拟？——
两个强邻将我们来回的蹴踢，
我们是暴徒脚下的两团烂泥。
母亲，归期到了，快领我们回来。
你不知道儿们如何的想念你！
　　母亲！我们要回来，母亲！

注释：

①阿尔萨斯——洛林，法国北部地名。

故乡

先生，先生，你到底要上那里去？
你这样的匆忙，你可有什么事？

我要看还有没有我的家乡在；
我要走了，我要回到望天湖边去。
我要访问如今那里还有没有
白波翻在湖中心，绿波翻在秧田里，
有没有麻雀在水竹枝头耍武艺。

先生，先生，世界是这样的新奇：
你不在这里遨游，偏要那里去？

我要探访我的家乡，我有我的心事；
我要看孵卵的秧鸡可在秧林里，
泥上可还有鸽子的脚儿印“个”字，
神山上的白云一分钟里变几次，
可还有燕儿飞到人家堂上来报喜。

先生，先生，我劝你不要回家去；
世间只有远游的生活是自由的。

游子的心是风霜剥蚀的残碑，
碑上已经漫漶了家乡的字迹，……
哦，我要回家去，我要赶紧回家去
我要听门外的水车终日作鼍鸣，
要再将家乡的音乐收入心房里。

先生，先生，你为什么要回家去？
世上有的是荣华，有的是智慧。

你不知道故乡有一只可爱的湖，
常年总有半边青天浸在湖水里。
湖岸上有兔儿在黄昏里觅粮食，
还有见了兔儿不要追的狗子——
我要看如今还有没有这种事。

先生，先生，我越加不能懂你了，
你到底，到底为什么要回家去？

我要看家乡的菱角还长几根刺，
我要看那里一根藕里还有几根丝。
我要看家乡还认识不认识我——
我要看坟山上添了几块新碑石，
我家后园里可还有开花的竹子。

红烛

"蜡炬成灰泪始干"

——李商隐

红烛啊！
这样红的烛！
诗人啊！
吐出你的心来比比，
可是一般颜色？

红烛啊！
是谁制的蜡——给你躯体？
是谁点的火——点着灵魂？
更须烧蜡成灰，
然后才放光出？
一误再误；
矛盾！冲突！

红烛啊！
不误，不误！
原是要"烧"出你的光束——
这正是自然底方法。

红烛啊！
既制了，便烧着。
烧罢！烧罢！
烧破世人底梦，
烧沸世人底血——
也救出他们的灵魂，
也捣破他们的监狱！

红烛啊！
你心火发光之期，
正是泪流开始之日。

红烛啊！
匠人造了你，
原是为烧的。
既已烧着，
又何苦伤心流泪？

红烛啊！
我知道了！
是残风来侵你的光芒，
你烧得不稳时，
才着急得流泪啊！

红烛啊！

流罢，你怎能不流呢？

要将你的脂膏，

不息地流向人间，

培出慰藉底花儿，

结成快乐底果子！

红烛啊！

你流一滴泪，灰一分心。

灰心流泪你的果，

创造光明你的因。

红烛啊！

“莫问收获，但问耕耘！”

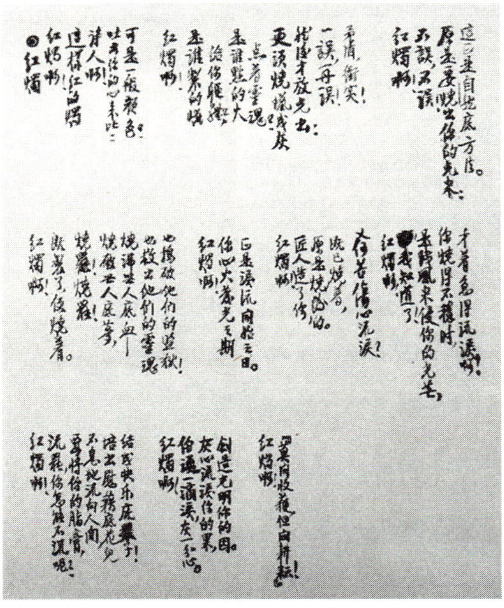

《红烛》手稿

孤雁

不幸的失群的孤客！
谁教你抛弃了旧侣，
拆散了阵字，
流落到这水国底绝塞，
拼着寸磔的愁肠，
泣诉那无边的酸楚？

啊！从那浮云底密幕里，
迸出这样的哀音；
这样的痛苦！这样的热情！

孤寂的流落者！
不须叫喊得哟！
你那沉细的音波，
在这大海底惊雷里，
还不值得那涛头上
溅破的一粒浮沤呢！

可怜的孤魂啊！
更不须向天回首了。
天是一个无涯的秘密，
一幅蓝色的谜语，
太难了，不是你能猜破的。

也不须向海低头了。
这辱骂高天的恶汉，
他的咸卤的唾沫
不要渍湿了你的翅膀，
粘滞了你的行程！

流落的孤禽啊！
到底飞往那里去呢？
那太平洋底彼岸，
可知道究竟有些什么？

啊！那里是苍鹰底领土——
那鸷悍的霸王啊！
他的锐利的指爪，
已撕破了自然底面目，
建筑起财力底窝巢。
那里只有铜筋铁骨的机械，
喝醉了弱者底鲜血，
吐出些罪恶底黑烟，
涂污我太空，闭熄了日月，
教你飞来不知方向，
息去又没地藏身啊！
流落的失群者啊！
到底要往那里去？
随阳的鸟啊！
光明底追逐者啊！
不信那腥臊的屠场，
黑黯的烟灶，
竟能吸引你的踪迹！

归来罢，失路的游魂！
归来参加你的伴侣，
补足他们的阵列！
他们正引着颈望你呢。

归来偃卧在霜染的芦林里，
那里有校猎的西风，
将茸毛似的芦花，
铺就了你的床褥
来温暖起你的甜梦。

归来浮游在温柔的港溆里，
那里方是你的浴盆。
归来徘徊在浪舐的平沙上，
趁着溶银的月色，
婆娑着戏弄你的幽影。

归来罢，流落的孤禽！
与其尽在这水国底绝塞，
拼着寸磔的愁肠，
泣诉那无边的酸楚，
不如棹翅回身归去罢！

啊！但是这不由分说的狂飙
挟着我不息地前进；
我脚上又带着了一封信，
我怎能抛却我的使命，
由着我的心性
回身棹翅归去来呢？

晴朝

一个迟笨的晴朝，
比年还现长得多，
像条懒洋洋的冻蛇，
从我的窗前爬过。

一阵淡青的烟云
偷着跨进了街心……
对面的一带朱楼
忽都被他咒入梦境。

栗色汽车像匹骄马
休息在老绿阴中，
瞅着他自身的黑影，
连动也不动一动。

傲霜的老健的榆树
伸出一只粗胳膊，
拿在窗前底日光里，
翻金弄绿，不奈乐何。

除外了一个黑人
薙草，刮刮地响声渐远，
再没有一息声音——
和平布满了大自然。

和平蜷伏在人人心里；
但是在我的心内
若果也有和平底形迹，
那是一种和平底悲哀。

地球平稳地转着，
一切的都向朝日微笑；
我也不是不会笑，
泪珠儿却先滚出来了。

皎皎的白日啊！
将照遍了朱楼底四面；
永远照不进的是——
游子底漆黑的心窝坎：

一个厌病的晴朝，
比年还过得慢，
像条负创的伤蛇，
爬过了我的窗前。

记忆

记忆渍起苦恼的黑泪，
在生活底纸上写满蝇头细字；
生活底纸可以撕成碎片，
记忆底笔迹永无磨灭之时。

啊！友谊底悲剧，希望的挽歌，
情热底战史，罪恶的供状——
啊！不堪卒读的文词哦！
是记忆底亲手笔，悲哀的旧文章！

请弃绝了我罢，拯救了我罢！
智慧哟！钩引记忆底奸细！
若求忘却那悲哀的文章，
除非要你赦脱了你我的关系！

太阳吟

太阳啊，刺得我心痛的太阳！
又逼走了游子底一出还乡梦，
又加他十二个时辰底九曲回肠！

太阳啊！火一样烧着的太阳！
烘干了小草尖头底露水，
可烘得干游子底冷泪盈眶？

太阳啊，六龙骖驾的太阳！
省得我受这一天天底缓刑，
就把五年当一天跪完那又何妨？

太阳啊！——神速的金乌——太阳！
让我骑着你每日绕行地球一周，
也便能天天望见一次家乡！

太阳啊，楼角新升的太阳！
不是刚从我们东方来的吗？
我的家乡此刻可都依然无恙？

太阳啊，我家乡来的太阳！
北京城里底宫柳裹上一身秋了罢？
唉！我也憔悴的同深秋一样！

太阳啊，奔波不息的太阳！
你也好像无家可归似的呢。
啊！你我的身世一样地不堪设想！

太阳啊，自强不息的太阳！
大宇宙许就是你的家乡罢。
可能指示我我底家乡底方向？

太阳啊，这不像我的山川，太阳！
这里的风云另带一般颜色，
这里鸟儿唱的调子格外凄凉。

太阳啊，生活之火底太阳！
但是谁不知你是球东半底情热，
同时又是球西半底智光？

太阳啊，也是我家乡底太阳！
此刻我回不了我往日的家乡，
便认你为家乡也还得失相偿。

太阳啊，慈光普照的太阳！
往后我看见你时，就当回家一次；
我的家乡不在地下乃在天上！

忆菊

（重阳前一日作）

插在长颈的虾青瓷的瓶里，
六方的水晶瓶里的菊花，
钻在紫藤仙姑篮里的菊花；
守着酒壶的菊花，
陪着螯盏的菊花；
未放，将放，半放，盛放的菊花。

镶着金边的绛色的鸡爪菊；
粉红色的碎瓣的绣球菊！
懒慵慵的江西腊哟；
倒挂着一饼蜂窠似的黄心，
仿佛是朵紫的向日葵呢。
长瓣抱心，密瓣平顶的菊花；
柔艳的尖瓣钻蕊的白菊
如同美人底拳着的手爪，
拳心里攫着一撮儿金粟。
檐前，阶下，篱畔，圃心底菊花：
霭霭的淡烟笼着的菊花，
丝丝的疏雨洗着的菊花，——

金底黄，玉底白，春酿底绿，秋山底紫，

……

剪秋萝似的小红菊花儿；
从鹅绒到古铜色的黄菊；
带紫茎的微绿色的“真菊”
是些小小的玉管儿缀成的，
为的是好让小花神儿
夜里偷去当了笙儿吹着。

大似牡丹的菊王到底奢豪些，
他的枣红色的瓣儿，铠甲似的，
张张都装上银白的里子了；
星星似的小菊花蕾儿
还拥着褐色的萼被睡着觉呢。

啊！自然美底总收成啊！
我们祖国之秋底杰作啊！
啊！东方底花，骚人逸士底花呀！
那东方底诗魂陶元亮
不是你的灵魂底化身罢？

那祖国底登高饮酒的重九
不又是你诞生底吉辰吗?
你不像这里的热欲的蔷薇,
那微贱的紫萝兰更比不上你。
你是有历史,有风俗的花。
啊!四千年的华胄底名花呀!
你有高超的历史,你有逸雅的风俗!

啊!诗人底花呀!我想起你,
我的心也开成顷刻之花,
灿烂的如同你的一样;
我想起你同我的家乡,
我们的庄严灿烂的祖国,
我的希望之花又开得同你一样。

习习的秋风啊!吹着,吹着!
我要赞美我祖国底花!
我要赞美我如花的祖国!
请将我的字吹成一簇鲜花,
金底黄,玉底白,春酿底绿,秋山底紫,
……
然后又统统吹散,吹得落英缤纷,
弥漫了高天,铺遍了大地!

秋风啊!习习的秋风啊!
我要赞美我祖国底花!
我要赞美我如花的祖国!

一九二二年十月

秋深了

秋深了，人病了。
人敌不住秋了；
镇日拥着件大氅，
像只煨灶的猫，
蜷在摇椅上摇……摇……摇……
想着祖国，
想着家庭，
想着母校，
想着故人，
想着不胜想，不堪想的胜境良朝。

春底荣华逝了，
夏底荣华逝了；
秋在对面嵌白框窗子的
金字塔似的木板房子檐下，
抱着香黄色的破头帕，
追想春夏已逝的荣华；
想得伤心时，
飒飒地洒下几点黄金泪。

啊！秋是追想底时期！
秋是堕泪底时期！

口供

我不骗你，我不是什么诗人，
纵然我爱的是白石的坚贞，
青松和大海，鸦背驮着夕阳。
黄昏里织满了蝙蝠的翅膀。
你知道我爱英雄，还爱高山，
我爱一幅国旗在风中招展。
自从鹅黄到古铜色的菊花。
记着我的粮食是一壶苦茶！

可是还有一个我，你怕不怕？——
苍蝇似的思想，垃圾桶里爬。

你看

你看太阳像眠后的春蚕一样，
镇日吐不尽黄丝似的光芒；
你看负暄的红襟在电杆梢上，
酣眠的锦鸭泊在老柳根旁。

你眼前又陈列着青春的宝藏，
朋友们，请就在这眼前欣赏；
你有眼睛请再看青山的峦嶂，
但莫向那山外探望你的家乡。

你听听那枝头颂春的梅花雀，
你得揩干眼泪，和他一支歌。
朋友，乡愁最是个无情的恶魔，
他能教你眼前的春光变作沙漠。

你看春风解放了冰锁的寒溪，
半溪白齿琮琮的漱着涟漪，
细草又织就了釉釉的绿意，
白杨枝上招展着幺小的银旗。

朋友们，等你看到了故乡的春，
怕不要老尽春光老尽了人？
呵，不要探望你的家乡，朋友们，
家乡是个贼，他能偷去你的心！

泪雨

他在那生命的阳春时节，
曾流着号饥号寒的眼泪；
那原是舒生解冻的春霖，
却也兆征了生命的哀悲。

他少年的泪是连绵的阴雨，
暗中浇熟了酸苦的黄梅；
如今黑云密布，雷电交加，
他的泪像夏雨一般的滂沛。

中途的怅惘，老大的蹉跎，
他知道中年的苦泪更多，
中年的泪定似秋雨淅沥，
梧桐叶上敲着永夜的悲歌。

谁说生命的残冬没有眼泪？
老年的泪是悲哀的总和；
他还有一掬结晶的老泪，
要开作漫天愁人的花朵。

死水

这是一沟绝望的死水，
清风吹不起半点漪沦。
不如多扔些破铜烂铁，
爽性泼你的剩菜残羹。

也许铜的要绿成翡翠，
铁罐上锈出几瓣桃花；
再让油腻织一层罗绮，
霉菌给他蒸出些云霞。

让死水酵成一沟绿酒，
飘满了珍珠似的白沫；
小珠们笑声变成大珠，
又被偷酒的花蚊咬破。

那么一沟绝望的死水，
也就夸得上几分鲜明。
如果青蛙耐不住寂寞，
又算死水叫出了歌声。

这是一沟绝望的死水，
这里断不是美的所在，
不如让给丑恶来开垦，
看他造出个什么世界。

心跳

这灯光，这灯光漂白了的四壁；
这贤良的桌椅，朋友似的亲密；
这古书的纸香一阵阵的袭来；
要好的茶杯贞女一般的洁白；
受哺的小儿唼呷在母亲怀里，
鼾声报道我大儿康健的消息……
这神秘的静夜，这浑圆的和平，
我喉咙里颤动着感谢的歌声。
但是歌声马上又变成了咒诅，
静夜！我不能，不能受你的贿赂。
谁希罕你这墙内尺方的和平！
我的世界还有更辽阔的边境。
这四墙既隔不断战争的喧嚣，
你有什么方法禁止我的心跳？
最好是让这口里塞满了沙泥，
如其它只会唱着个人的休戚！
最好是让这头颅给田鼠掘洞，
让这一团血肉也去喂着尸虫，
如果只是为了一杯酒，一本诗，
静夜里钟摆摇来的一片闲适，

就听不见了你们四邻的呻吟，
看不见寡妇孤儿抖颤的身影，
战壕里的痉挛，疯人咬着病榻，
和各种惨剧在生活的磨子下。
幸福！我如今不能受你的私贿，
我的世界不在这尺方的墙内。
听！又是一阵炮声，死神在咆哮。
静夜！你如何能禁止我的心跳？

闻一多故居

一个观念

你隽永的神秘，你美丽的谎，
你倔强的质问，你一道金光，
一点儿亲密的意义，一股火，
一缕缥缈的呼声，你是什么？
我不疑，这因缘一点也不假，
我知道海洋不骗他的浪花。
既然是节奏，就不该抱怨歌。
啊，横暴的威灵，你降伏了我，
你降伏了我！你绚缦的长虹——
五千多年的记忆，你不要动，
如今我只问怎样抱得紧你……
你是那样的横蛮，那样美丽！

发现

我来了，我喊一声，迸着血泪，
“这不是我的中华，不对，不对！”
我来了，因为我听见你叫我；
鞭着时间的罡风，擎一把火，
我来了，不知道是一场空喜。
我会见的是噩梦，那里是你？
那是恐怖，是噩梦挂着悬崖，
那不是你，那不是我的心爱！
我追问青天，逼迫八面的风，
我问，拳头擂着大地的赤胸，
总问不出消息；我哭着叫你，
呕出一颗心来，——在我心里！

祈祷

请告诉我谁是中国人，
启示我，如何把记忆抱紧；
请告诉我这民族的伟大，
轻轻的告诉我，不要喧哗！

请告诉我谁是中国人，
谁的心里有尧舜的心，
谁的血是荆轲聂政的血，
谁是神农黄帝的遗孽。

告诉我那智慧来得离奇，
说是河马献来的馈礼；
还告诉我这歌声的节奏，
原是九苞凤凰的传授。

谁告诉我戈壁的沉默，
和五岳的庄严？又告诉我
泰山的石溜还滴着忍耐，
大江黄河又流着和谐？

再告诉我，那一滴清泪
是孔子吊唁死麟的伤悲？
那狂笑也得告诉我才好，——
庄周，淳于髡，东方朔的笑。

请告诉我谁是中国人，
启示我，如何把记忆抱紧；
请告诉我这民族的伟大，
轻轻的告诉我，不要喧哗！

一句话

有一句话说出就是祸，
有一句话能点得着火。
别看五千年没有说破，
你猜得透火山的缄默？
说不定是突然着了魔，
突然青天里一个霹雳
　　爆一声：
　“咱们的中国！”

这话教我今天怎样说？
我不信铁树开花也可，
那么有一句话你听着：
等火山忍不住了缄默，
不要发抖，伸舌头，顿脚，
等到青天里一个霹雳
　　爆一声：
　“咱们的中国！”

洗衣歌

洗衣是美国华侨最普遍的职业，因此留学生常常被人问道，“你爸爸是洗衣裳的吗？”

（一件，两件，三件，）
　洗衣要洗干净！
（四件，五件，六件，）
　熨衣要熨得平！

我洗得净悲哀的湿手帕，
我洗得白罪恶的黑汗衣，
贪心的油腻和欲火的灰，……
你们家里一切的脏东西，
　交给我洗，交给我洗。

铜是那样臭，血是那样腥，
脏了的东西你不能不洗，
洗过了的东西还是得脏，
你忍耐的人们理它不理？
　替他们洗！替他们洗！

你说洗衣的买卖太下贱，
肯下贱的只有唐人不成！
你们的牧师他告诉我说：
耶稣的爸爸做木匠出身，
　你信不信？你信不信？

胰子白水要不出花头来，
洗衣裳原比不上造兵舰。
我也说这有什么大出息——
流一身血汗洗别人的汗？
　你们肯干？你们肯干？

年去年来一滴思乡的泪，
半夜三更一盏洗衣的灯……
下贱不下贱你们不要管，
看那里不干净那里不平，
　问支那人，问支那人。

我洗得净悲哀的湿手帕，
我洗得白罪恶的黑汗衣，
贪心的油腻和欲火的灰，
你们家里一切的脏东西，
交给我——洗，交给我——洗，

（一件，两件，三件，）
　洗衣要洗干净！
（四件，五件，六件，）
　熨衣要熨得平！

倾听闻一多

·触景抒情·东方之魂·

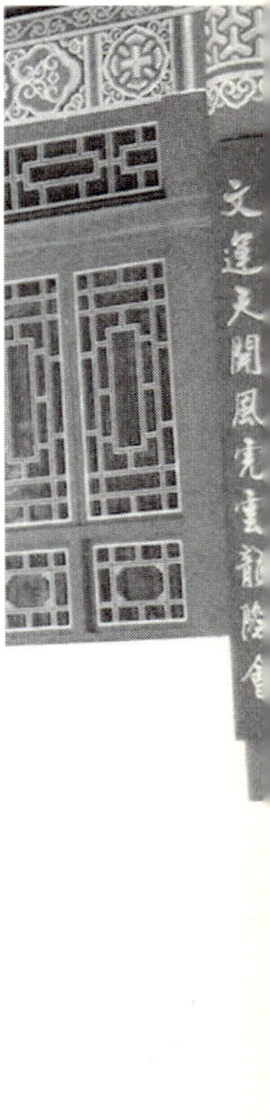

红荷之魂

有　序

盆莲饮雨初放，折了几枝，供在案头，又听侄辈读周茂叔的《爱莲说》，便不得不联想及于三千里外《荷花池畔》的诗人。赋此寄呈实秋，兼上景超及其他在西山的诸友。

太华玉井底神裔啊！
不必在污泥里久恋了。
这玉胆瓶里的寒浆有些冽骨吗？
那原是没有堕世的山泉哪！

高贤底文章啊！雏凤底律吕啊！
往古来今竟携了手来谀媚着你。
来罢！听听这蜜甜的赞美诗罢！
抱霞摇玉的仙花呀！
看着你的躯体，
我怎不想到你的灵魂？
灵魂啊！到底又是谁呢？

是千叶宝座上的如来，
还是丈余红瓣中的太乙呢？

是五老峰前的诗人，
还是洞庭湖畔的骚客呢？

红荷底魂啊！
爱美的诗人啊！
便稍许艳一点儿，
还不失为“君子”。
看那颗颗坦张的荷钱啊！
可敬的——向上底虔诚，
可爱的——圆满底个性。
花魂啊！佑他们充分地发育罢！

花魂啊，
须提防着，
不要让菱芡藻荇底势力
蚕食了泽国底版图。

花魂啊！
要将崎岖的动底烟波，
织成灿烂的静底绣锦。
然后，
高蹈的鸬鹚啊！
热情的鸳鸯啊！
水国烟乡底顾客们啊！……
只欢迎你们来
逍遥着，偃卧着；
因为你们知道了
你们的义务。

西岸

He has a lusty spring, when fancy clear
Takes in all beauty within an easy span.

——Keats[1]

这里是一道河，一道大河，
宽无边，深无底；
四季里风姨巡遍世界，
便回到河上来休息；
满天糊着无涯的苦雾，
压着满河无期的死睡。
河岸下酣睡着，河岸上
反起了不断的波澜，
啊！卷走了多少的痛苦！
淘尽了多少的欣欢！
多少心被羞愧才鞭驯，
一转眼被虚荣又煽癫！
鞭下去，煽起来，
又莫非是金钱的买卖。

黑夜哄着聋瞎的人马，
前潮刷走，后潮又挟回。
没有真，没有美，没有善，
更那里去找光明来！

但不怕那大泽里
风波怎样凶，水兽怎样猛，
总难惊破那浅水芦花里
那些小草的幽梦，——
一样的，有个人也逃脱了
河岸上那纷纠的樊笼。
他见了这宽深的大河；
便私心唤醒了些疑义：
分明是一道河，有东岸，
岂有没个西岸的道理？
啊！这东岸的黑暗恰是那
西岸底光明的影子。
但是满河无期的死睡，
撑着满天无涯的雾幕；
西岸也许有，但是谁看见？
哎……这话也不错。
“恶雾遮不住我，”心讲道，
“见不着，那是目的过！”
有时他忽见浓雾变得

绯样薄，在风翅上荡漾；
雾缝里又筛出些
丝丝的金光洒在河身上。
看！那里！可不是个大鼋背？
毛发又长得那样长。

不是的！到是一座小岛，
戴着一头的花草：
看！灿烂的鱼龙都出来
晒甲胄，理须桡；
鸳鸯洗刷完了，喙子
插在翅膀里，睡着觉了。
鸳鸯睡了，百鳞退了——
满河一片凄凉；
太阳也没兴，卷起了金练，
让雾帘重往下放：
恶雾瞪着死水，一切的
于是又同从前一样。
“啊！我懂了，我何曾见着
那美人的容仪？
但猜着蠕动的绣裳下，
定有副美人的肢体。
同一理：见着的是小岛，
猜着的是岸西。”

"一道河中一座岛，河西
一盏灯光被岛遮断了。"
这语声到处，是有些人
鹦哥样，听熟了，也会叫；
但是那多数的人
不笑他发狂，便骂他造谣。

也有人相信他，但还讲道：
"西岸地岂是为东岸人？
若不然，为什么要划开
一道河，这样宽又这样深？"
有人讲："河太宽，雾正密。
找条陆道过去多么稳！"
还有人明晓得道儿
只这一条，单恨生来错——
难学那些鸟儿飞着渡，
难学那些鱼儿划着过，
却总都怕说得："搭个桥，
穿过岛，走着过！"为什么？

注释：

① 这两句引诗的英国著名诗人济慈（John Keats，1798—1821）所写。绿原先生的译文是：

"他有一个快活的春季，当明澈的鉴赏力
在安适的瞬息将一切美尽收眼底。"

——济慈

雨夜

几朵浮云，仗着雷雨底势力，
把一天底星月都扫尽了。
一阵狂风还喊来要捉那软弱的树枝，
树枝拼命地扭来扭去，
但是无法躲避风底爪子。

凶狠的风声，悲酸的雨声——
我一壁听着，一壁想着：
假使梦这时要来找我，
我定要永远拉着他，不放他走；
还剜出我的心来送他作贽礼，
他要收我作个莫逆的朋友。
风声还在树里呻吟着，
泪痕满面的曙天白得可怕，
我的梦依然没有做成。
哦！原来真的已被我厌恶了，
假的就没他自身的尊严吗？

雪

夜散下无数茸毛似的天花，
织成一件大氅，
轻轻地将憔悴的世界，
从头到脚地包了起来：
又加了死人一层殓衣。

伊将一片鱼鳞似的屋顶埋起了，
却总埋不住那屋顶上的青烟缕。
啊！缕缕蜿蜒的青烟啊！
仿佛是诗人向上的灵魂，
穿透自身的躯壳：直向天堂迈往。

高视阔步的风霜蹂躏世界，
森林里抖颤的众生战斗多时，
最末望见伊底白氅，
都欢声喊道：“和平到了，奋斗成功了！
这不是冬投降底白旗吗？”

睡者

灯儿灭了，人儿在床；
月儿底银潮
沥过了叶缝，冲进了洞窗，
射到睡觉的双靥上，
跟他亲了嘴儿又偎脸，
便洗净一切感情底表象，
只剩下了如梦幻的天真，
笼在那连耳目口鼻
都分不清的玉影上。

啊！这才是人底真色相！
这才是自然底真创造！
自然只此一副模型；
铸了月面，又铸人面。

哦！但是我爱这睡觉的人，
他醒了我又怕他呢！
我越看这可爱的睡容，
想起那醒容，越发可怕。

啊！让我睡了，躲脱他的醒罢！
可是瞌睡像只秋燕，
在我眼帘前掠了一周，
忽地翻身飞去了，
不知几时才能得回来呢？

月儿，将银潮密密地酌着！
睡觉的，撑开枯肠深深地喝着！
快酌，快喝！喝着，睡着！
莫又醒了，切莫醒了！
但是还响点擂着，鼾雷！
我祇爱听这自然底壮美的回音，
他警告我这时候
那人心宫底禁闼大开，
上帝在里头登极了！

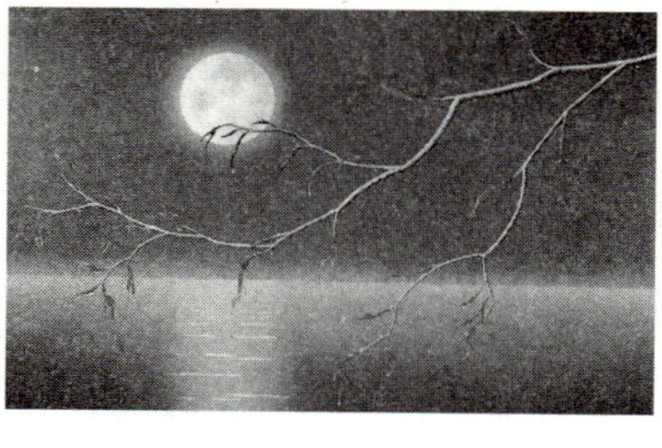

黄昏

太阳辛苦了一天，
赚得一个平安的黄昏，
喜得满面通红，
一气直往山洼里狂奔。

黑黯好比无声的雨丝，
慢慢往世界上漂洒……
贪睡的合欢叠拢了绿鬓，钩下了柔颈，
路灯也一齐偷了残霞，换了金花；
单剩那喷水池
不怕惊破别家底酣梦，
依然活泼泼地高呼狂笑，独自玩耍。

饭后散步的人们，
好像刚吃饱了蜜的蜂儿一窠，
三三五五的都往
马路上头，板桥栏畔飞着。

嗡……嗡……嗡……听听唱的什么——

是花色底美丑？

是蜜味底厚薄？

是女王底专制？

是东风底残虐？

啊！神秘的黄昏啊！

问你这首玄妙的歌儿，

这辈嚣喧的众生

谁个唱的是你的真义？

二月庐

面对一幅淡山明水的画屏，
在一块棋盘似的稻田边上，
蹲着一座看棋的瓦屋——
紧紧地被捏在小山底拳心里。

柳荫下睡着一口方塘；
聪明的燕子——伊唱歌儿
偏找到这里，好听着水面的
回声，改正音调底错儿。

燕子！可听见昨夜那阵冷雨？
西风的信来了，催你快回去。
今年去了，明年，后年，后年以后，
一年回一度的还是你吗？

啊！你的爆裂得这样音响，
迸出些什么压不平的古愁！
可怜的鸟儿，你诉给谁听？
那知道这个心也碎了哦！

印象

一望无涯的绿茸茸的——
是青苔？是蔓草？是禾稼？是病眼发花？——
只在火车窗口像走马灯样旋着。
仿佛死在痛苦底海里泅泳——
他的披毛散发的脑袋
在噤哑无声的绿波上飘着——
是簇簇的杨树林蹿出禾面。

绿杨遮着作工的——神圣的工作！
骍红的赤膊摇着枯涩的辘轳，
向地母哀求世界底一线命脉。
白杨守着休息的——无上的代价！——
孤零零的一座秃头的黄土堆，
拥着一个安闲，快乐，了无智识的灵魂，
长眠，美睡，禁止百梦底纷扰。
啊！神圣的工作！无上的代价！

失败

从前我养了一盆宝贵的花儿，
好容易孕了一个苞子，
但总是半含半吐的不肯放开。
我等发了急，硬把他剥开了，
他便一天萎似一天，萎得不像样了。
如今我要他再关上不能了。
我到底没有看见我要看的花儿！

从前我做了一个稀奇的梦，
我总嫌他有些太模糊了，
我满不介意，让他震破了；
我醒了，直等到月落，等到天明，
重织一个新梦既织不成，
便是那个旧的也补不起来了。
我到底没有做好我要做的梦！

花儿开过了

花儿开过了，果子结实了；
一春底香雨被一夏底骄阳炙干了，
一夏底荣华被一秋底馋风扫尽了。
如今败叶枯枝，便是你的余剩了。

天寒风紧，冻哑了我的心琴；
我惯唱的颂歌如今竟唱不成。
但是，且莫伤心，我的爱，
琴弦虽不鸣了，音乐依然在。

只要灵魂不灭，记忆不死，纵使
你的荣华永逝，（这原是没有的事）
我敢说那已消的春梦底余痕，
还永远是你我的生命底生命！

况且永继的荣华，顿刻的凋落——
两两相形，又算得了些什么？
今冬底假眠，也不过是明春底
更烈的生命所必需的休息。

所以不怕花残，果烂，叶败，枝空，
那缜密的爱底根网总没一刻放松；
他总是绊着，抓着，咬着我的心，
他更抽尽我的生命供给你的生命！

爱呀！上帝不曾因青春底暂退，
就要将这个世界一齐捣毁，
我也不曾因你的花儿暂谢，
就敢失望，想另种一朵来代他！

春之首章

浴人灵魂的雨过了：
薄泥到处啮人底鞋底。
凉飔挟着湿润的土气
在鼻蕊间正冲突着。

金鱼儿今天许不大怕冷了？
个个都敢于浮上来呢！
东风苦劝执拗的蒲根，
将才睡醒的芽儿放了出来。
春雨过了，芽儿刚抽到寸长，
又被池水偷着吞去了。

亭子角上几根瘦硬的，
还没赶上春的榆枝，
印在鱼鳞似的天上；
像一页淡蓝的朵云笺，
上面涂了些僧怀素底
铁画银钩的草书。

丁香枝上豆大的蓓蕾，
包满了包不住的生意，
呆呆地望着寥廓的天宇，
盘算他明日底荣华——
仿佛一个出神的诗人
在空中编织未成的诗句。

春啊！明显的秘密哟！
神圣的魔术哟！

啊！我忘了我自己，春啊！
我要提起我全身底力气，
在你那绝妙的文章上
加进这丑笨的一句哟！

春之末章

被风惹恼了的粉蝶，
试了好几处的枝头，
总抱不大稳，率性就舍开，
忽地不知飞向那里去了。
啊！大哲底梦身啊！
了无黏滞的达观者哟！

太轻狂了哦！杨花！
依然吩咐雨丝黏住罢。

娇绿的坦张的荷钱啊！
不息地仰面朝上帝望着，
一心地默祷并且赞美他——
只要这样，总是这样，
开花结实底日子便快了。
一气的酣绿里忽露出
一角汉纹式的小红桥，
真红得快叫出来了！

小孩儿们也太好玩了啊！
镇日里蓝的白的衫子
骑满竹青石栏上垂钓。
他们的笑声有时竟脆得像
坍碎了一座琉璃宝塔一般。
小孩儿们总是这样好玩呢！

绿纱窗里筛出的琴声，
又是画家脑子里经营着的
一帧美人春睡图：
细熨的柔情，娇羞的倦致，
这般如此，忽即忽离，
啊！迷魂的律吕啊！

音乐家啊！垂钓的小孩儿啊！
我读完这春之宝笈底末章，
就交给你们永远管领着罢！

黄鸟

哦！森林的养子，
太空的血胤
不知名的野鸟儿啊！

黑缎底头帕，
蜜黄的羽衣，
镶着赤铜底喙爪——
啊！一只鲜明的火镞，
那样癫狂地射放，
射翻了肃静的天宇哦！

像一块雕镂的水晶，
艺术纵未完成，
却永映着上天底光彩——
这样便是他吐出的
那阕雅健的音乐呀！
啊！希腊式的雅健！

野心的鸟儿啊！
我知道你喉咙里的
太丰富的歌儿
快要噎死你了：
但是从容些吐着！
吐出那水晶的谐音，
造成艺术之宫，
让一个失路的灵魂
早安了家罢！

十一年一月二日作

哎呀！自然底太失管教的骄子！
你那内蕴的灵火！不是地狱底毒火，
如今已经烧得太狂了，
只怕有一天要爆裂了你的躯壳。

你那被爱蜜饯了的肥心，人们讲，
本是为滋养些嬉笑的花儿的，
如今却长满了愁苦底荆棘——
他的根已将你的心越捆越紧，越缠越密。
上帝啊！这到底是什么用意？

唉！你（只有你）真正了解生活底秘密，
你真是生活唯一的知己，
但生活对你偏是那样凶残：
你看！又是一个新年——好可怕的新年！——
张着牙戟齿锯的大嘴招呼你上前；
你退既不能，进又白白地往死嘴里钻！

高步远蹠的命运
从时间底没究竟的大道上踱过；
我们无足轻重的蚁子
糊里糊涂地忙来忙去，不知为什么，
忽地里就断送在他的脚跟底……

但是，那也对啊！……死！你要来就快来，
快来断送了这无边的痛苦！
哈哈！死，你的残忍，乃在我要你时，你不来，
如同生，我不要他时，他偏存在！

十一年一月二日作

深夜底泪

生波停了掀簸；

深夜啊！——

沉默的寒潭！

澈虚的古镜！

行人啊！

回转头来，

照照你的容颜罢！

啊！这般憔悴……

轻柔的泪，

温热的泪，

洗得净这个仆仆的征尘？

无端地一滴滴流到唇边，

想是要你尝尝他的滋味；

这便是生活底滋味！

枕儿啊！

紧紧地贴着！

请你也尝尝他的滋味。
唉！若不是你，
这腐烂的骷髅，
往那里靠啊！

更鼓啊！
一声声这般急切；
便是生活底战鼓罢？
唉！擂断了心弦，
搅乱了生波……

战也是死，
逃也是死，
降了我不甘心。
生活啊！
你可有个究竟？

啊！宇宙底生命之酒，
都将酌进上帝底金樽。
不幸的浮沤！
怎地偏酌漏了你呢？

玄思

在黄昏底沉默里，
从我这荒凉的脑子里，
常迸出些古怪的思想，
不伦不类的思想；

仿佛从一座古寺前的
尘封雨渍的钟楼里，
飞出一阵猜怯的蝙蝠，
非禽非兽的小怪物。

同野心的蝙蝠一样，
我的思想不肯只爬在地上，
却老在天空里兜圈子，
圆的，扁的，种种的圈子。

我这荒凉的脑子
在黄昏底沉默里，
常迸出些古怪的思想，
仿佛同些蝙蝠一样。

末日

露水在笕筒里哽咽着，
　芭蕉的绿舌头舐着玻璃窗，
四周的垩壁都往后退，
　我一人填不满偌大一间房。

我心房里烧上一盆火，
　静候着一个远道的客人来，
我用蛛丝鼠矢喂火盆，
　我又用花蛇的鳞甲代劈柴。

鸡声直催，盆里一堆灰，
　一股阴风偷来摸着我的口，
原来客人就在我眼前，
　我咳嗽一声，就跟着客人来。

春光

静得像人定了的一般，那天竹，
那天竹上密叶遮不住的珊瑚；
那碧桃；在朝暾里运气的麻雀。
春光从一张张的绿叶上爬过。
蓦地一道阳光晃过我的眼前，
我眼睛里飞出了万只的金箭，
我耳边又谣传着翅膀的摩声，
仿佛有一群天使在空中逻巡……

忽地深巷里迸出了一声清籁：
“可怜可怜我这瞎子，老爷太太！”

夜歌

癞虾蟆抽了一个寒噤，
黄土堆里钻出个妇人，
妇人身旁找不出阴影，
月色却是如此的分明。

黄土堆里钻出个妇人，
黄土堆上并没有裂痕，
也不曾惊动一条蚯蚓，
或绷断蟏蛸一根网绳。

月光底下坐着个妇人，
妇人的容貌好似青春，
猩红衫子血样的狰狞，
鬅松的散发披了一身。

妇人在号咷，捶着胸心，
癞虾蟆只是打着寒噤，
远村的荒鸡哇的一声，
黄土堆上不见了妇人。

倾 听 闻 一 多

·寄怀情思 ·诗人之爱·

幻中之邂逅

太阳落了，责任闭了眼睛，
屋里朦胧的黑暗凄酸的寂静，
钩动了一种若有若无的感情，
——快乐和悲哀之间底黄昏。

仿佛一簇白云，濛濛漠漠，
拥着一只素氅朱冠的仙鹤——
在方才淌进的月光里浸着，
那娉婷的模样就是他么？

我们都还没吐出一丝儿声响；
我刚才无心地碰着他的衣裳，
许多的秘密，便同奔川一样，
从这摩触中不歇地冲洄来往。

忽地里我想要问他到底是谁，
抬起头来……月在那里？人在那里？
从此狰狞的黑黯，咆哮的静寂，
便扰得我辗转空床，通夜无睡。

爱之神

——题画

啊！这么俊的一副眼睛——
两潭渊默的清波！
可怜孱弱的游泳者哟！
我告诉你回头就是岸了！

啊！那潭岸上的一带榛薮，
好分明的黛眉啊！
那鼻子，金字塔式的小邱，
恐怕就是情人底茔墓罢？

那里，不是两扇朱扉吗？
红得像樱桃一样，
扉内还露着编贝底屏风。
这里又不知安了什么陷阱！
啊！莫非是绮甸之乐园？
还是美底家宅，爱底祭坛？
呸！不是，都不是哦！
是死魔盘踞着的一座迷宫！

美与爱

窗子里吐出娇嫩的灯光——
两行鹅黄染的方块镶在墙上；
一双枣树底影子，像堆大蛇，
横七竖八地睡满了墙下。

啊！那颗大星儿！嫦娥底侣伴！
你无端绊住了我的视线；
我的心鸟立刻停了他的春歌，
因他听了你那无声的天乐。

听着，他竟不觉忘却了自己，
一心只要飞出去找你，
把监牢底铁槛也撞断了；
但是你忽然飞地不见了！

屋角底凄风悠悠叹了一声，
惊醒了懒蛇滚了几滚；
月色白得可怕，许是恼了？
张着大嘴的窗子又像笑了！

可怜的鸟儿，他如今回了，
嗓子哑了，眼睛瞎了，心也灰了；
两翅洒着滴滴的鲜血——
是爱底代价，美底罪孽！

死

啊！我的灵魂底灵魂！
我的生命底生命，
我一生底失败，一生底亏欠，
如今要都在你身上补足追偿，
但是我有什么
可以求于你的呢？

让我淹死在你眼睛底汪波里！
让我烧死在你心房底熔炉里！
让我醉死在你音乐底琼醪里！
让我闷死在你呼吸底馥郁里！

不然，就让你的尊严羞死我！
让你的酷冷冻死我！
让你那无情的牙齿咬死我！
让那寡恩的毒剑螫死我！
你若赏给我快乐，
我就快乐死了；
你若赐给我痛苦，
我也痛苦死了；
死是我对你唯一的要求，
死是我对你无上的贡献。

诗人

人们说我有些像一颗星儿，
无论怎样光明，只好作月儿底伴，
总不若灯烛那样有用——
还要照着世界作工，不徒是好看。

人们说春风把我吹燃，是火样的薇花，
再吹一口，便变成了一堆死灰；
剩下的叶儿像铁甲，刺儿像蜂针，
谁敢抱进他的赤裸的胸怀？

又有些人比我作一座遥山：
他们但愿远远望见我的颜色，
却不相信那白云深处里，
还别有一个世界——一个天国。

其余的人或说这样，或说那样，
只是说得对的没有一个。
“谢谢朋友们！”我说，“不要管我了，
你们那样忙，那有心思来管我？

你们在忙中觉得热闷时，
风儿吹来，你们无心地喝下了，
也不必问谁送来的，
自然会觉得他来的正好！”

抱怨

我拈起笔来在手中玩弄，
空中便飞来了一排韵脚；
我不知如何的摆布他们，
只希望能写出一些快乐。
我听见你在窗前咳嗽，
不由的写成了一首悲歌。

上帝将要写我的生传；
展开了我的生命之纸，
不知要写些什么东西，
许是灾殃，也许是喜事。
你硬要加入你的姓名，
他便写成了一篇痛史。

青春

青春像只唱着歌的鸟儿，
已从残冬窟里闯出来，
驶入宝蓝的穹窿里去了。

神秘的生命，
在绿嫩的树皮里膨胀着，
快要送出带着鞘子的
翡翠的芽儿来了。

诗人啊！揩干你的冰泪，
快预备着你的歌儿，
也赞美你的苏生罢！

答辩

挂彩的荣华我当不起，
没有圆光往我头上箍，
旌旗铙鼓不是我的份，
我道上不许用黄土铺。

不许矜骄镀我成金身，
我拒绝“成功”见我一面；
双手掀住挣扎的纷忙，
我猜着黎明，也不要看。

锦袍的庄严交给别人，
流汗的快乐得让给我。
上帝许我纯钢的意志，
要我锤出些惨淡的歌。

可是旌旗铙鼓我不要，
我道上不用黄土来铺，
挂彩的荣华我当不起，
哪有圆光往我头上箍？

奇迹

我要的本不是火齐的红，或半夜里
桃花潭水的黑，也不是琵琶的幽怨。
蔷薇的香；我不曾真心爱过文豹的矜严，
我要的婉娈也不是任何白鸽所有的。
我要的本不是这些，而是这些的结晶，
比这一切更神奇得万倍的一个奇迹！
可是，这灵魂是真饿得慌，我又不能
让他缺着供养，那么，即便是秕糠，
你也得募化不是？天知道，我不是
甘心如此，我并非倔强，亦不是愚蠢，
我是等你不及，等不及奇迹的来临！
我不敢让灵魂缺着供养。谁不知道
一树蝉鸣，一壶浊酒，算得了什么？
纵提到烟峦，曙壑，或更璀璨的星空，
也只是平凡，最无所谓的平凡，犯得着
惊喜得没主意，喊着最动人的名儿，
恨不得黄金铸字，给妆在一支歌里？
我也说但为一阕莺歌便噙不住眼泪，
那未免太支离，太玄了，简直不值当。
谁晓得，我可不能不那样：这心是真

饿得慌，我不得不节省点，把藜藿当作膏粱。

可也不妨明说，只要你——
只要奇迹露一面，我马上就抛弃平凡，
我再不瞅着一张霜叶梦想春花的艳，
再不浪费这灵魂的膂力，剥开顽石
来诛求白玉的温润；给我一个奇迹，
我也不再去鞭挞着“丑”，逼他要
那份儿背面的意义；实在我早厌恶了
那勾当，那附会也委实是太费解了。
我只要一个明白的字，舍利子似的闪着
宝光；我要的是整个的，正面的美。
我并非倔强，亦不是愚蠢，我不会看见
团扇，悟不起扇后那天仙似的人面。
那么

我便等着，不管等到多少轮回以后——
既然当初许下心愿，也不知道是在多少
轮回以前——我等，我不抱怨，只静候着
一个奇迹的来临。总不能没有那一天，
让雷来劈我，火山来烧，全地狱翻起来
扑我，……害怕吗？你放心，反正罡风
吹不熄灵魂的灯，愿蜕壳化成灰烬，
不碍事：因为那——那便是我的一刹那，
一刹那的永恒——一阵异香，最神秘的
肃静，（日，月，一切星球的旋动早被
喝住，时间也止步了，）最浑圆的和平……
我听见阊阖的户枢砉然一响，紫霄上
传来一片衣裙的綷縩——那便是奇迹——
半启的金扉中，一个戴着圆光的你！

红豆

一

红豆似的相思啊!
一粒粒的
坠进生命底磁坛里了……
听他跳激底音声,
这般凄楚!
这般清切!

二

相思着了火,
有泪雨洒着,
还烧得好一点;
最难禁的,
是突如其来
赶不及哭的干相思。

三

意识在时间底路上旅行:

每逢插起一杆红旗之处，
那便是——
相思设下的关卡，
挡住行人，
勒索路捐的。

四

袅袅的篆烟啊！
是古丽的文章，
淡写相思底诗句。

五

比方有一屑月光，
偷来匍匐在你枕上，
刺着你的倦眼，
撩得你镇夜不睡，
你讨厌他不？
那么这样便是相思了！

六

相思是不作声的蚊子，
偷偷地咬了一口，
陡然痛了一下，
以后便是一阵底奇痒。

七

我的心是个没设防的空城，
半夜里忽被相思袭击了，
我的心旌
只是一片倒降；
我只盼望——
他恣情屠烧一回就去了；
谁知他竟永远占据着，
建设起宫墙来了呢？

八

有两样东西，
我总想撇开，
却又总舍不得：
我的生命，
同为了爱人儿的相思。

九

爱人啊！
将我作经线，
你作纬线，
命运织就了我们的婚姻之锦；
但是一帧回文锦哦！
横看是相思，

直看是相思，
顺看是相思，
倒看是相思，
斜看正看都是相思，
怎样看也看不出团圞二字。

一〇

我俩是一体了！
我们的结合，
至少也和地球一般圆满。
但你是东半球，
我是西半球，
我们又自己放着眼泪，
做成了这苍莽的太平洋，
隔断了我们自己。

一一

相思枕上的长夜，
怎样的厌厌难尽啊！
但这才是岁岁年年中之一夜，
大海里的一个波涛。
爱人啊！
叫我又怎样泅过这时间之海？

一二

我们有一天
相见接吻时，
若是我没小心，
掉出一滴苦泪，
渍痛了你的粉颊，
你可不要惊讶！
那里有多少年底
生了锈的情热底成分啊！

一三

我到底是个男子！
我们将来见面时，
我能对你哭完了，
马上又对你笑。
你却不必如此；
你可以仰面望着我，
像一朵湿蔷薇，
在雾后的斜阳里，
慢慢儿晒干你的眼泪。

一四

我把这些诗寄给你了，
这些字你若不全认识，

那也不要紧。
你可以用手指
轻轻摩着他们，
像医生按着病人的脉，
你许可以试出
他们紧张地跳着，
同你心跳底节奏一般。

一五

古怪的爱人儿啊！
我梦时看见的你
是背面的。

一六

在雪黯风骄的严冬里，
忽然出了一颗红日；
在心灰意冷的情绪里，
忽然起了一阵相思——
这都是我没料定的。

一七

讨诗债的债主
果然回来了！
我先不妨
倾了我的家赀还着。

到底实在还不清了，
再剜出我的心头肉，
同心一起付给他罢。

一八

我昼夜唱着相思的歌儿。
他们说我唱得形容憔悴了，
我将浪费了我的生命。
相思啊！
我颂了你吗？
我是吐尽明丝底蚕儿，
死是我的休息；
我诅了你吗？
我是吐出毒剑底蜂儿，
死是我的刑罚。

一九

我是只惊弓的断雁，
我的嘴要叫着你，
又要衔着芦苇，
保障着我的生命。
我真狼狈哟！

二〇

扑不灭的相思，

莫非是生命之原上底野烧?
株株小草底绿意,
都要被他烧焦了啊!

二一

深夜若是一口池塘,
这飘在他的黛漪上的
淡白的小菱花儿,
便是相思底花儿了,
哦!他结成青的,血青的,
有尖角的果子了!

二二

我们的春又回来了,
我搜尽我的诗句,
忙写着红纸的宜春帖。
我也不妨就便写张
“百无禁忌”。
从此我若失错触了忌讳,
我们都不必介意罢!

二三

我们是两片浮萍:
从我们聚散底速率
同距离底远度,

可以看出风儿底缓急，
浪儿底大小。

二四

我们是鞭丝抽拢的伙伴，
我们是鞭丝抽散的离侣。
万能的鞭丝啊！
叫我们赞颂吗？
还是诅咒呢？

二五

我们弱者是鱼肉；
我们曾被求福者
重看了盛在笾豆里，
供在礼教底龛前。
我们多么荣耀啊！

二六

你明白了吗？
我们是照着客们吃喜酒的
一对红蜡烛；
我们站在桌子底
两斜对角上，
悄悄地烧着我们的生命，
给他们凑热闹。

他们吃完了，
我们的生命也烧尽了。

二七

若是我的话
讲得太多，
讲到末尾，
便胡讲一阵了，
请你只当我灶上的烟囱：
口里虽勃勃地吐着黑灰，
心里依旧是红热的。

二八

这算他圆满的三绝罢！——
莲子，
泪珠儿，
我们的婚姻。

二九

这一滴红泪：
不是别后的清愁，
却是聚前的炎痛。

三〇

他们削破了我的皮肉，
冒着险将伊的枝儿
强蛮地插在我的茎上。
如今我虽带着瘿肿的疤痕，
却开出从来没开过的花儿了。
他们是怎样狠心的聪明啊！
但每回我瞟出看花的人们
上下抛着眼珠儿，
打量着我的茎儿时，
我的脸就红了！

三一

哦，脑子啊！
刻着虫书鸟篆的
一块妖魔的石头，
是我的佩刀的砺石，
也是我爱河里的礁石，
爱人儿啊！
这又是我俩之间的界石！

三二

幽冷的星儿啊！
这般零乱的一团！

爱人儿啊！
我们的命运，
都摆布在这里了！

三三

冬天底长夜，
好不容易等到天明了，
还是一块冷冰冰的
铅灰色的天宇，
那里看得见太阳呢？
爱人啊！哭罢！哭罢！
这便是我们的将来哟！

三四

我是狂怒的海神，
你是被我捕着的一叶轻舟。
我的情潮一起一落之间，
我笑着看你颠簸；
我的千百个涛头
用白晃晃的锯齿咬你，
把你咬碎了，
便和樯带舵，吞了下去。

三五

夜鹰号咷地叫着；

北风拍着门环，
撕着窗纸，
撞着墙壁，
掀着屋瓦，
非闯进来不可。
红烛只不息地淌着血泪，
凝成大堆赤色的石钟乳。
爱人啊！你在那里？
快来剪去那乌云似的烛花，
快窝着你的素手
遮护着这抖颤的烛焰！
爱人啊！你在那里？

三六

当我告诉你们：
我曾在玉箫牙板，
一派悠扬的细乐里，
亲手掀起了伊的红盖帕；
我曾著着银烛，
一壁撷着伊的凤钗，
一壁在伊耳边问道：
“认得我吗？”
朋友们啊！
当你们听我讲这些故事时，
我又在你们的笑容里，
认出了你们私心的艳羡。

三七

这比我的新人，
谁个温柔？
从炉面镂空的双喜字间，
吐出了一线蜿蜒的香篆。

三八

你午睡醒来，
脸上印着红凹的簟纹，
怕是链子锁着的
梦魂儿罢？
我吻着你的香腮，
便吻着你的梦儿了。

三九

我若替伊画像，
我不许一点人工产物
污秽了伊的玉体。
我并不是用画家的肉眼，
在一套曲线里看伊的美；
但我要描出我常梦着的伊——
一个通灵澈洁的裸体的天使！
所以为免除误会起见，
我还要叫伊这两肩上

生出一双翅膀来，
若有人还不明白，
便把伊错认作一只彩凤，
那倒没什么不可。

四〇

假如黄昏时分，
忽来了一阵雷电交加的风暴，
不须怕得呀，爱人！
我将紧拉着你的手，
到窗口并肩坐下；
我们一句话也不要讲，
我们只凝视着
我们自己的爱力
在天边碰着，
碰出些金箭似的光芒，
炫瞎我们自己的眼睛。

四一

有酸的，有甜的，有苦的，有辣的。
豆子都是红色的，
味道却不同了。
辣的先让礼教尝尝！
苦的我们分着囫囵地吞下。
酸的酸得像梅子一般，
不妨细嚼着止止我们的渴。

甜的呢！

啊！甜的红豆都分送给邻家作种子罢！

四二

我唱过了各样的歌儿，
单单忘记了你。
但我的歌儿该当越唱越新，越美。
这些最后唱的最美的歌儿，
　　一字一颗明珠，
　　一字一颗热泪，
我的皇后啊！
这些算了我赎罪底菲仪，
这些我跪着捧献给你。

相遇已成过去*

欢悦的双睛，激动的心；
相遇已成过去，到了分手的时候，
温婉的微笑将变成苦笑，
不如在爱刚抽芽时就掐死苗头。

命运是一把无规律的梭子，
趁悲伤还未成章，改变还未晚，
让我们永为素丝的经纬线；
永远皎洁，不受俗爱的污染。

分手吧，我们的相逢已成过去，
任心灵忍受多大的饥渴和懊悔。
你友情的微笑对我已属梦想的非分，
更不敢企求叫你深情的微喟。

将来有一天也许我们重逢，
你的风姿更丰盈，而我则依然憔悴。
我的毫无愧色的爽快陈说，
“我们的缘很短，但也有过一回。”

我们一度相逢，来自西东，
我全身的血液，精神，如潮汹涌，
“但只那一度相逢，旋即分道。”
留下我的心永在长夜里怔忡。

*原英文诗1925年写于纽约。原诗无题。许芥昱先生翻译此诗，并加上现在这个题目，汉译载于1981年5月《诗刊》。

别后

啊！那不速的香吻，
没关心的柔词……
啊！热情献来的一切的贽礼，
当时都大意地抛弃了，
于今却变作记忆底干粮，
来充这旅途底饥饿。

可是，有时同样的馈仪，
当时珍重地接待了，抚宠了；
反在记忆之领土里
刻下了生憎惹厌的痕迹。

啊！谁道不是变幻呢？
顷刻之间，热情与冷淡，
已经百度底乘除了。

谁道不是矛盾呢？
一般的香吻，一样的柔词，
才冷僵了骨髓，
又烧焦了纤维。

恶作剧的疟魔呀！
到底是谁遣你来的？
你在这一隙驹光之间，
竟教我更迭地
作了冰炭底化身！
恶作剧的疟魔哟！

贡臣

我的王！我从远方来朝你，
带了满船你不认识的，
但是你必中意的贡礼。
我兴高采烈地航到这里来，
那里知道你的心……唉！
还是一个涸了的海港！
我悄悄地等着你的爱潮膨涨，
好浮进我的重载的船艘；
月儿圆了几周，花儿红了几度，
还是老等，等不来你的潮头！
我的王！他们讲潮汐有信，
如今叫我怎样相信他呢？

收回

那一天只要命运肯放我们走！
不要怕；虽然得走过一个黑洞，
你大胆的走；让我掇着你的手；
也不用问那里来的一阵阴风。

只记住了我今天的话，留心那
一掬温存，几朵吻，留心那几炷笑，
都给拾起来，没有差；——记住我的话，
拾起来，还有珊瑚色的一串心跳。

可怜今天苦了你——心渴望着心——
那时候该让你拾，拾一个痛快，
拾起我们今天损失了的黄金。
那斑斓的残瓣，都是我们的爱，
拾起来，戴上。
你戴着爱的圆光，
我们再走，管他是地狱，是天堂！

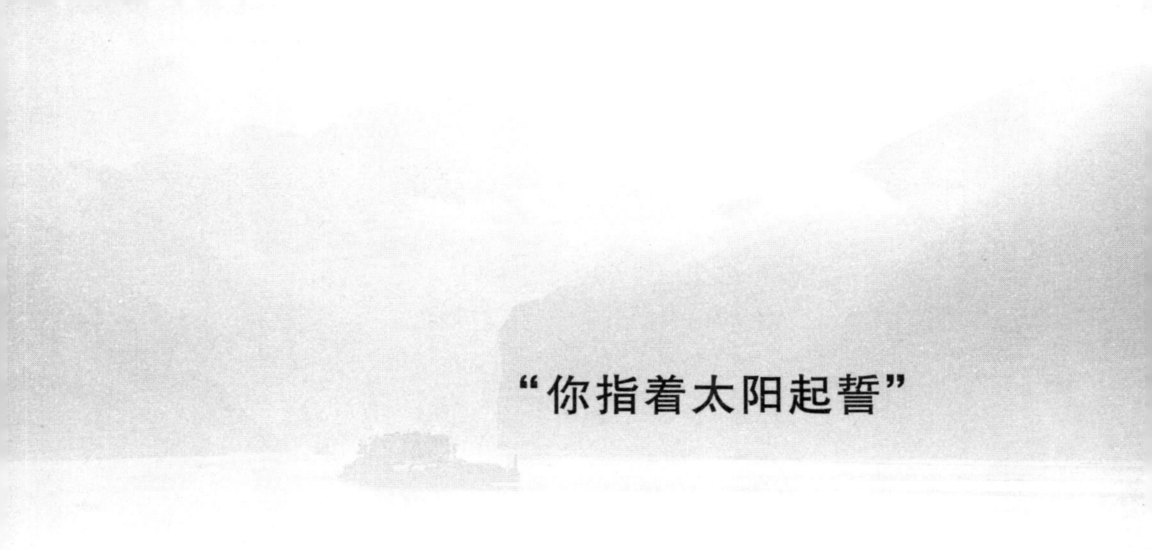

“你指着太阳起誓”

你指着太阳起誓，叫天边的凫雁
说你的忠贞。好了，我完全相信你，
甚至热情开出泪花，我也不诧异。
只是你要说什么海枯，什么石烂……
那便笑得死。这一口气的工夫
还不够我陶醉的？还说什么“永久”？
爱，你知道我只有一口气的贪图，
快来箍紧我的心，快！啊，你走，你走……

我早算就了你那一手——也不是变卦——
“永久”早许给了别人，秕糠是我的份，
别人得的才是你的菁华——不坏的千春。
你不信？假如一天死神拿出你的花押，
你走不走？去去！去恋着他的怀抱，
跟他去讲那海枯石烂不变的贞操！

比较

别人的春光歌舞着来，
鸟啼花发鼓舞别人的爱。
我们只有一春苦雨与凄风！
总是桐花暗淡柳惺忪；
我们和别人同不同？

我的人儿她不爱说话，
书斋里夜夜给我送烟茶。
别人家里灯光像是泼溶银，
吴歌楚舞不肯放天明——
我们怎能够比别人？

别人睡向青山去休息，
我们也一同走入黄泉里。
别人堂上的燕子找不着家，
飞到我们的檐前骂落花——
我们比别人差不差？

大鼓师

我挂上一面豹皮的大鼓，
　我敲着它游遍了一个世界，
我唱过了形形色色的歌儿，
　我也听饱了喝不完的彩。

一角斜阳倒挂在檐下，
　我蹑着芒鞋，踏入了家村。
“咱们自己的那只歌儿呢？”
　她赶上前来，一阵的高兴。

我会唱英雄，我会唱豪杰，
　那倩女情郎的歌，我也唱，
若要问到咱们自己的歌，
　天知道，我真说不出的心慌！

我却吞下了悲哀，叫她一声，
　“快拿我的三弦来，快呀快！
这只破鼓也忒嫌闹了，我要
　那弦子弹出我的歌儿来。”

我先弹着一群白鸽在霜林里，
　珊瑚爪儿踩着黄叶一堆；
然后你听那秋虫在石缝里叫，
　忽然又变了冷雨洒着柴扉。

洒不尽的雨，流不完的泪，……
　我叫声“娘子！”把弦子丢了，
“今天我们拿什么作歌来唱？
　歌儿早已化作泪儿流了！

怎么？怎么你也抬不起头来？
　啊！这怎么办，怎么办！……
来！你来！我兜出来的悲哀，
　得让我自己来吻它干。

“只让我这样呆望着你，娘子，
　像窗外的寒蕉望着月亮，
让我只在静默中赞美你，
　可是总想不出什么歌来唱。

“纵然是刀斧削出的连理枝，
　你瞧，这姿势一点也没有扭。
我可怜的人，你莫疑我，
　我原也不怪那挥刀的手。

"你不要多心，我也不要问，
　山泉到了井底，还往那里流？
我知道你永远起不了波澜，
　我要你永远给我润着歌喉。

"假如最末的希望否认了孤舟，
　假如你拒绝了我，我的船坞！
我战着风涛，日暮归来，
　谁是我的家，谁是我的归宿？

"但是，娘子啊！在你的尊前，
　许我大鼓三弦都不要用；
我们委实没有歌好唱，我们
　既不是儿女，又不是英雄！"

狼狈

假如流水上一抹斜阳
悠悠的来了，悠悠的去了；
假如那时不是我不留你，
那颗心不由我作主了。

假如又是灰色的黄昏
藏满了蝙蝠的翅膀；
假如那时不是我不念你，
那时的心什么也不能想。

假如落叶像败阵纷逃，
暗影在我这窗前睥睨；
假如这颗心不是我的了，
女人，叫它如何想你？

假如秋夜也这般的寂寥……
嘿！这是谁在我耳边讲话？
这分明不是你的声音，女人；
假如她偏偏要我降她。

你莫怨我

你莫怨我！
这原来不算什么，
人生是萍水相逢，
让他萍水样错过。
你莫怨我！

你莫问我！
泪珠在眼边等着，
只须你说一句话，
一句话便会碰落，
你莫问我！

你莫惹我！
不要想灰上点火，
我的心早累倒了，
最好是让它睡着，
你莫惹我！

你莫碰我！
你想什么，想什么？
我们是萍水相逢，
应得轻轻的错过。
你莫碰我！

你莫管我！
从今加上一把锁；
再不要敲错了门，
今回算我撞的祸，
你莫管我！

我要回来

我要回来，
乘你的拳头像兰花未放，
乘你的柔发和柔丝一样，
乘你的眼睛里燃着灵光，
我要回来。

我没回来，
乘你的脚步像风中荡桨，
乘你的心灵像痴蝇打窗，
乘你笑声里有银的铃铛，
我没回来。

我该回来，
乘你的眼睛里一阵昏迷，
乘一口阴风把残灯吹熄，
乘一只冷手来掇走了你，
我该回来。

我回来了，
乘流萤打着灯笼照着你，
乘你的耳边悲啼着莎鸡，
乘你睡着了，含一口沙泥，
我回来了。

也许

——葬歌

也许你真是哭得太累，
也许，也许你要睡一睡，
那么叫夜鹰不要咳嗽，
蛙不要号，蝙蝠不要飞。

不许阳光拨你的眼帘，
不许清风刷上你的眉，
无论谁都不能惊醒你，
撑一伞松荫庇护你睡。

也许你听这蚯蚓翻泥，
听这小草的根须吸水，
也许你听着这般音乐，
比那咒骂的人声更美；

那么你先把眼皮闭紧，
我就让你睡，我让你睡，
我把黄土轻轻盖着你，
我叫纸钱儿缓缓的飞。

忘掉她

忘掉她，像一朵忘掉的花。——
　那朝霞在花瓣上，
　那花心的一缕香——
忘掉她，像一朵忘掉的花！

忘掉她，像一朵忘掉的花！
　像春风里一出梦，
　像梦里的一声钟，
忘掉她，像一朵忘掉的花！

忘掉她，像一朵忘掉的花！
　听蟋蟀唱得多好，
　看墓草长得多高；
忘掉她，像一朵忘掉的花！

忘掉她，像一朵忘掉的花！
　她已经忘记了你，
　她什么都记不起；
忘掉她，像一朵忘掉的花！

忘掉她，像一朵忘掉的花！
　年华那朋友真好，
　他明天就教你老；
忘掉她，像一朵忘掉的花！

忘掉她，像一朵忘掉的花！
　如果是有人要问，
　就说没有那个人；
忘掉她，像一朵忘掉的花！

忘掉她，像一朵忘掉的花！
　像春风里一出梦，
　像梦里的一声钟，
忘掉她，像一朵忘掉的花！

寄怀实秋

泪绳捆住的红烛
已被海风吹熄了；
跟着有一缕犹疑的轻烟，
左顾右盼，
不知往那里去好。
啊！解体的灵魂哟！
失路底悲哀哟！

在黑暗底严城里，
恐怖方施行他的高压政策：
诗人底尸肉在那里仓皇着，
仿佛一只丧家之犬呢。
莲蕊间酣睡着的恋人啊！
不要灭了你的纱灯：
几时珠箔银绦飘着过来，
可要借给我点燃我的残烛，
好在这阴城里面，
为我照出一条道路。

烛又点燃了，
那时我便作个自然的流萤，
在深更底风露里，
还可以逍遥流荡着，
直到黎明！

莲蕊间酣睡着的骚人啊！
小心那成群打围的飞蛾，
不要灭了你的纱灯哦！

梁实秋先生

倾听闻一多

·随感杂评·

最后一次的讲演*

这几天，大家晓得，在昆明出现了历史上最卑劣，最无耻的事情！李先生究竟犯了什么罪？竟遭此毒手，他只不过用笔写写文章，用嘴说说话，而他所写的，所说的，都无非是一个没有失掉良心的中国人的话！大家都有一支笔，有一张嘴，有什么理由拿出来讲啊！有事实拿出来说啊！为什么要打要杀，而且又不敢光明正大的来打来杀，而偷偷摸摸的来暗杀！（鼓掌）这成什么话？（鼓掌）

今天，这里有没有特务？你站出来，是好汉的站出来！你出来讲！凭什么要杀死李先生？（厉声，热烈的鼓掌）杀死了人，又不敢承认，还要诬蔑人，说什么“桃色案件”，说什么共产党杀共产党，无耻啊！无耻啊！（热烈的鼓掌）这是某集团的无耻，恰是李先生的光荣！李先生在昆明被暗杀，是李先生留给昆明的光荣！也是昆明人的光荣！

去年“一二·一”昆明青年学生为了反对内战，遭受屠杀，那算是年轻的一代，献出了他们的血，献出了他们最宝贵的生命！现在李先生为了争取民主和平，而遭受了反动派的暗杀，我们骄傲一点说，这算是像我这样大年纪的一代，我们的老战友，献出了最宝贵的生命。这两桩事发生在昆明，这算是昆明无限的光荣！（热烈的鼓掌）

反动派暗杀李先生的消息传出后，大家听了都摇头，我心里想，这些无耻的东西，不知他们是怎么想法？他们的心理是什么状态？他们的心是怎样长的？其实很简单，他们这样疯狂的来制造恐怖，正是他们自己在慌啊！在害怕啊！所以他们制造恐怖，其实是他们自己在恐怖啊！特务们，你们想想，你们还有几天，你们完了，快完了！你们以为打伤几个，杀死几个，就可以了事，就可以把人民吓倒了吗？其实广大的人民是打不尽的，杀不完的，要是这样可以的话，世界上早没有人了。你们杀死了一个李公朴，会有千百万个李公朴站起来！你们将失去千百万的人民！你们看着我们人少，没有力量。告诉你们，我们的力量大得很！多得很！看今天来的这些人，都是我们的人，都是我们的力量！此外还有广大的市民！我们有这个信心：人民的力量是要胜利的，真理是永远存在的，历史上没有一个反人民的势力不被人民毁灭的！希特勒，莫索里尼不都在人民之前倒下去了吗？翻开历史看看，你还站得住几天！你完了，快完了！我们的光明就要出现了。我们看，光明就在我们的眼前，而现在正是黎明之前那个最黑暗的时候。我们有力量打破这个黑暗，争到光明！我们的光明，就是反动派的末日！（热烈的鼓掌）

反动派故意挑拨美苏的矛盾，想利用这矛盾来打内战。任你们怎么样挑拨，怎么样离间，美苏不一定打呀！现在四外长会议已经圆满闭幕了。这不是说美苏间已没有矛盾，但是可以让步，可以妥协。事情是曲折的，不是直线的。我们的新闻被封锁着，不知道美苏的开明舆论如何抬头，我们也看不见广大的美国人民的那种新的力量，在日益增长。但是，事实的反映，我们可以看出。

第一，现在司徒雷登出任美驻华大使，司徒雷登是中国人民的朋友，是教育家，他生长在中国，受的美国教育。他住在中国的时间比住在美国的时间长，他就如一个中国的留美生一样，从前在北平时，也常见面，他是一位和蔼可亲的学者，是真正知道中国人民的要求的。这不是说司徒雷登有三头六臂，能替中国人民解决一切，而是说美国人民的舆论抬头，美国才有这转变。

其次，反动派干得太不像样了，在四外长会议上，才不要中国做二十一国和平会议的召集人，这就是做点颜色给你看看，这也说明美国的支持是有限度的，人民的忍耐和国际的忍耐也是有限度的。

李先生的血，不会白流的。李先生赔上了这条性命，我们要换来一个

代价。“一二·一”四烈士倒下了，年轻的战士们的血，换来了政治协商会议的召开，现在李先生倒下了，他的血要换取政协会议的重开！（热烈的鼓掌）我们有这个信心！（鼓掌）

“一二·一”是昆明的光荣，是云南人民的光荣，云南有光荣的历史，远的如护国，这不用说了，近的如“一二·一”，都是属于云南人民的，我们要发扬云南光荣的历史！

反动派挑拨离间，卑鄙无耻，你们看见联大走了，学生放暑假了，便以为我们没有力量了吗？特务们！你们错了！你们看看今天到会的一千多青年，又握起手来了，我们昆明的青年决不会让你们这样横干下去的！

历史赋予昆明的任务是争取民主和平，我们昆明的青年必须完成这任务！

我们不怕死，我们有牺牲的精神，我们随时像李先生一样，前脚跨出大门，后脚就不准备再跨进大门！（长时间热烈的鼓掌）

闻一多先生《最后一次的讲演》的至公堂

＊本篇是1946年7月15日上午闻一多在云南大学至公堂的讲演。原载1946年8月2日《民主周刊》第3卷第19期，题作《闻一多同志不朽的遗言》，收入开明版《闻一多全集》时改为现题。

美国化的清华

用美国退回赔款办的预备留美的学校，他的目的当然是吸收一点美国文化。所以清华若真做到美国化的程度，是一桩大幸事。实在我常听到我们这里一般美国教授们抱怨中国留美学生——清华当然在内——太不懂美国，太没受着美国文化的好处。他们的意思当然是说清华的教育，虽不算失败，但总有些令人不满意。我说他们的话是一半对，一半不对。怎样讲呢？中国人在他们美国人眼里，随便受他们的同化到什么地步，总不会同一个美国本地人一样，但是这个人在中国人眼里，总太像一个外国人；这仿佛是一个中国人穿着洋服，说着洋话，站在一群中国人里，俨然是一个洋人，但是走到一群洋人里，总是没有他们自己那样洋。一个留学生真是个“四不像”了。但是正好，他们应该是这样的。清华学生是要受点美国化，当然，不是要变成美国人。这是一般有知识的人的意见。但是我个人的意见比这还不如。

我这意见讲出来，恐怕有点骇人，也有点得罪人。但是这种思想在我脑筋酝酿了好久，到现在我将离开清华，十年的母校，假若我要有点临别的赠言，我只有这几句话可以对他讲。

我说：清华太美国化了！清华不应该美国化，因为所谓美国文化者实不值得我们去领受！美国文化到底是什么？据我个人观察清华所代表的一点美国化所得来的结果是：笼统地讲，物质主义；零碎地数，经济，实验，平庸，肤浅，虚荣，浮躁，奢华——物质的昌盛，个人的发达……。或者清华不能代表美国，清华里的美国人是不是真正的美国人，我不知道。不

过清华里的事事物物，（我又拿我那十年的经验的招牌来讲话）我是知道得清清楚楚的。我敢于说我讲的关于清华的话，是没有错的。我现在没工夫仔细将清华的精神分析出来，以同所谓美国化者对照；我只好举其荦荦大者数端。

（一）经济　除了经济，美国文化还有什么？我们看近来清华要学这个的该有多少？再看别的不学这个的，谁不是以“吃饭”作标准去挑他们的学业？再看从美国回来当买办、经理的该有多少？再听一般人的论调，总是这个有什么“用”？那个有什么“用”？他们除了衣食住的“用”外，还知道什么？他们的思想在那里？他们的主义在那里？他们对于新思潮的贡献在那里？他们的人格理想在那里？他们的精神生活又在那里？

（二）实验　很好！清华学生真有干练敏捷之才！“五四”运动证明了，童子军证明了，世界基督教学生同盟大会证明了，几次的灾区服务证明了。但是也只是 efficient 而已啊！

（三）平庸（mediocrity）　清华学生不比别人好，何尝比别人坏呢？很整齐，很灵敏，很干净，很有礼貌，——很过得去。多数不吃烟，不喝酒，不打牌，不逛胡同，——很有规矩。表面上看来清华学生真令人喜欢，但是也只是令人喜欢，不能引起人的敬爱，因为他们没有惊人之长。

（四）肤浅　清华学生真浮浅极了！那里谈得上学问？那里谈得上知识？一个个见了人，笑笑弥弥的，真是 A very-good fellow，但是真有什么诚意待人吗？外观讲得真好，形式极其整齐，正同这几间大洋楼——礼堂、图书馆……——一种风味。随便在那，面子总不能不顾。讲新也新得不彻底；讲旧也旧得不彻透。浅啊！浅极了！真是些小孩子们啦！

清华大学的闻一多先生像

（五）虚荣　人说我们"急公好义"，我们捐罢，把饭钱都捐了罢，反正菜不够吃，总是要添的。人说我们能自治，学生会，法庭都干起来罢；回头会也没有人到，费也没有人交，什么也都忘掉了。运动啊，演说啊，演戏啊，一切的啊，都是出风头的好工具。

"Our Tsing Hua's pride does still abide, and ever more shall stay!"

（六）浮躁　这更不用讲了。这本来是少年的气象，男儿好身手的本色！不独举动浮躁，行为也浮躁，语言也浮躁。mobspirit!!

（七）奢华　谁说清华学生不浪费？厨房、售品所不用讲，每星期还非看电影不可。贵胄公子，这一点安逸不能不讲。清华的生活看着寻常，其实比一般中等社会人都高；在平时还不觉得，到出洋时，真不差似中了状元，三、四、五、六百块，阔给你瞧瞧！

以上所述的这些，哪样不是美国人的特色？没有出洋时已经这样了；出洋回来以后，也不过戴上几个硕士、博士、经理、工程师的头衔而已；那时这些特色只有变本加厉的。美国化呀！够了！够了！物质文明！我怕你了，厌你了，请你离开我罢！东方文明啊！支那的国魂啊！"盍归乎来！"让我还是做我东方的"老憨"吧！理想的生活啊！

"Oh! raise up, return to us again,

And give us manners, virtue, freedom, power."

青岛

海船快到胶州湾时，远远望见一点青，在万顷的巨涛中浮沉；在右边崂山无数柱奇挺的怪峰，会使你忽然想起多少神仙的故事。进湾，先看见小青岛，就是先前浮沉在巨浪中的青点，离它几里远就是山东半岛最东的半岛——青岛。簇新的、整齐的楼屋，一座一座立在小小山坡上，笔直的柏油路伸展在两行梧桐树的中间，起伏在山冈上如一条蛇。谁信这个现成的海市蜃楼，一百年前还是个荒岛？

当春天，街市上和山野间密集的树叶，遮蔽着岛上所有的住屋，向着大海碧绿的波浪，岛上起伏的青梢也是一片海浪，浪下有似海底下神人所住的仙宫。但是在榆树丛荫，还埋着十多年前德国人坚伟的炮台，深长的甬道里你还可以看见那些地下室，那些被毁的大炮机，和墙壁上血涂的手迹。——欧战时这儿剩有五百德国兵丁和日本争夺我们的小岛，德国人败了，日本的太阳旗曾经一时招展全市，但不久又归还了我们。在青岛，有的是一片绿林下的仙宫和海水泱泱的高歌，不许人想到地下还藏着十多间可怕的暗窟，如今全毁了。

堤岸上种植无数株梧桐，那儿可以坐憩，在晚上凭栏望见海湾里千万只帆船的桅杆，远近一盏盏明灭的红绿灯飘在浮标上，那是海上的星辰。沿海岸处有许多伸长的山角，黄昏时潮水一卷一卷来，在沙滩上飞转，溅起白浪花，又退回去，不厌倦的呼啸。天空中海鸥逐向渔舟飞，有时间在海水中的大岩石上，听那巨浪撞击着岩石激起一两丈高的水花。那儿再有伸出海面的站桥，去站着望天上的云，海天的云彩永远是清澄无比的，夕阳快下山，西边浮起几道鲜丽耀眼的光，在别处你永远看不见的。

过清明节以后，从长期的海雾中带回了春色，公园里先是迎春花和连翘，成篱的雪柳，还有好像白亮灯的玉兰，软风一吹来就憩了。四月中旬，奇丽的日本樱花开得像天河，十里长的两行樱花，蜿蜒在山道上，你在树下走，一举首只见樱花绣成的云天。樱花落了，地下铺好一条花蹊。接着海棠花又点亮了，还有踯躅在山坡下的“山踯躅”，丁香，红端木，天天在染织这一大张地毡；往山后深林里走去，每天你会寻见一条新路，每一条小路中不知是谁创制的天地。

到夏季来，青岛几乎是天堂了。双驾马车载人到汇泉浴场去，男的女的中国人和十方的异客，戴了阔边大帽，海边沙滩上，人像小鱼一般，曝露在日光下，怀抱中是薰人的咸风。沙滩边许多小小的木屋，屋外搭着伞篷，人全仰天躺在沙上，有的下海去游泳，踩水浪，孩子们光着身在海滨拾贝壳。街路上满是烂醉的外国水手，一路上胡唱。

但是等秋风吹起，满岛又回复了它的沉默，少有人行走，只在雾天里听见一种怪木牛的叫声，人说木牛躲在海角下，谁都不知道在哪儿。

青岛八大关景区

复古的空气

近来在思想和文学艺术诸方面，复古的空气颇为活跃，这是值得注意的一个现象。就一般民众讲，文化是有惰性的，而农业社会尤其如此。几千年积下来的习惯和观念，几乎成了第二天性，骤然改动，是不舒服的。其实就这群浑浑噩噩的大众说，他们始终是在“古”中没有动过，他们未曾维新，还谈得到什么复古！我们所谓复古空气，自然是专指知识和领导阶级说的。不过农民既几乎占我们人口百分之八十，少数的知识和领导阶级，不会不受他们的影响，所以谈到少数人的复古空气，首先不能不指出那作为他们的背景的大众。至于少数人之间所以发生这种空气，其原因与动机，可以分作四个类型来讲。

（一）一般的说来，复古倾向是一种心理上的自卫机能。自从与外人接触，在物质生活方面，发现事事不如人，这种发现所给予民族精神生活的担负，实在太重了。少数先天脆弱的心灵确乎给它压瘪了，压死了。多数人在这时，自卫机能便发生了作用。本来文学艺术以及哲学就有逃避现实的趋势，而中国的文学艺术与哲学尤其如此。

中国人现实方面的痛苦，这时正好利用它们来补偿。一想到至少在这些方面我们不弱于人，于是便有了安慰。说坏了，这是“鱼处于陆，相濡以湿，相嘘以沫”的自慰的办法。说好了，人就全靠这点不肯绝望的刚强性，才能够活下去，活着奋斗下去。这是紧急关头的一贴定心剂。虽不彻底，却也有些暂时的效用。代表这种心理的人，虽不太强，也不太弱，惟其自知是弱，所以要设法“自卫”，但也没有弱到连“自卫”的意志都没有，所以还算相当的强，平情而论，这一类型的复古倾向，是未可厚非的。

（二）另一类型是带有报复意味的自尊心理，凡是与外人直接接触较多，自然也就饱尝屈辱经验的人，一方面因近代知识较丰富，而能虚心承认自己落后，另一方面，因为往往是社会各部门的领袖，所以有他们应有的骄傲和自尊心，然责任又教他们不能不忍重负辱，那种矛盾心理的压迫是够他们受的。压迫愈大，反抗也愈大。一旦机会来了，久经屈辱的自尊心是知道图报复的，于是紧跟着以抗战换来的民族荣誉和国家地位，便是甚嚣尘上的复古空气。前一类型的心理说我们也有不弱于人的地方，这一类型的简直说我们比他们高。这些人本来是强者，自大是强者的本色，民族荣誉和国家地位也实在来得太突然，教人不能不迷惑。依强者们看来，一种自然的解释，是本来我们就不是不如人，荣誉和地位是我们应得的。诚然——但是那种趾高气扬的神情总嫌有些不够大方罢！

（三）第三个类型的复古，与其说是自尊，无宁说是自卑，不少的外国朋友捧起中国来，直使我们茫然。要晓得西洋的人本性是浪漫好奇的，甚至是怪僻的，不料真有人盲从别人来捧自己，因而也大干起复古的勾当来。实在是这种复古以媚外的心理，也并不少见。

（四）如果第三种人是完全没有自己，第四种人便是完全为自己打算的。有的是以复古来掩饰自己不懂近代知识，多半的老先生们属于这一类，虽则其中少年老成的分子也不在少数。有的正相反，又以复古来掩饰自己不大懂线装书的内容，暴发户的“二毛子”属于这一类，虽则只读洋装书的堂堂学者们也有时未能免俗。至于有人专门搬弄些“假古董”在国际市场上吸收外汇，因而为对外推销的广告用，不得不响应国内的复古运动，那就不好批评了。

复古的心理是分析不完的。大致说来，最显著的不外上述的四类型。其中有比较可取的，有居心完全不可问的。纯粹属于某一类型的大概很少，通常是几种糅合错综起来的一个复杂体。说复古空气是最近新兴的现象，也不合事实。趋势早已在酝酿，不过最近似乎更表面化了一点。为什么最近才表面化？当然与抗战有关。历史在转向，转向时的心理是不会有平静。

转得愈急，波动愈大，所以在这抗战期间，一面近代化的呼声最高，一面复古的空气也最浓厚。

就一般的人说，心理的波动，不足怪，但少数的知识和领导分子，却应该早已认清历史，拿定主意，游移虽不致改变历史，但是会延缓历史的进展，须知我们的时间和精力都不容浪费。

我们的民族和文化所以能存在到今天，自然有其生存的道理在，这道理并不像你所想的，在能保存古的，而是正相反，在能吸收新的。历史告诉我们，中国文化并不是一个单纯的，一成不变的文化，（如果是那样的，它就早完了。）最初东西夷夏两民族，分明代表着两个不同的文化。

如果你站在东方，以夷（殷人及东夷）为本位，那便是夷吸收了夏；如果站在西方，以夏（夏、周）为本位，那便是夏吸收了夷。但是这两个文化早已融合到一种程度，使得我们分辨不出谁是主，谁是客来。在血缘上，楚与北方夷夏二族的关系，究竟如何，现在还不知道。无论如何，在文化上，直至战国，他们还是被视为外国人的。逐渐的这一支文化也被吸收了，到了汉朝，南北又成了一家，分不出主客来。究竟谁是我们的“古”？严格的讲，殷的后裔孔子若要复古，文武周公就得除外，屈原若要复古，就得否认《三百篇》。从西周到战国，无疑是我们文化史中最光荣的一段，但从没有听说那时的人站在民族的立场上讲复古的。即便依你的说法，先秦北方的夷夏和南方的楚，在民族上还是一家，文化也不过是大同小异，不能和今天的情形相比。那么，打汉末开始的一整部佛教史又怎样呢？宋明人要讲复古，会有他们那“儒表佛里”的理学吗？会有他们那《西厢》、《水浒》吗？还有一部清代的朴学史，也不能不承认是耶稣教士带来的西洋科学精神的赐予。以上都是极显而易见的历史事实，文化史上每放一次光，都是受了外来的刺激，而不是因为死抓着自己固有的东西。

不但中国如此，世界上多少文化都曾经因接触而交流，而放出异彩。凡是限于天然环境，不能与旁人接触，或有接触，而自己太傻太笨，不能，因此就不愿学习旁人的民族，没有不归于灭亡的。天然环境的限制，只要有决心，有勇气，还可以用人力来打开（例如我们的法显，玄奘，义净诸人的故事)。怕的是自己一味固执,不肯虚怀受善。其实那里是不肯,恐怕还是不能,不会罢!如果是这种情形,那就惨了。我深信我们今天的情形,不属于这一类,然而我仍然有点不放心。佛教思想与老庄本就有些相近,让我们接受佛教思想,比较容易。今天来的西洋思想确乎离我们太远,是不是有人因望而生畏,索性就提倡复古以资抵抗呢?幸而今天喜欢嚷嚷孔学,和哼哼歪诗的人,究竟不算太多,而青年人尤其少。

我得强调的声明,民族主义我们是要的,而且深信是我们复兴的根本。但民族主义不该是文化的闭关主义。我甚至相信正因我们要民族主义,才不应该复古。老实说,民族主义是西洋的产物,我们的所谓"古"里,并没有这东西。谈谈孔学,做做歪诗,结果只有把今天这点民族主义的萌芽整个毁掉完事。其实一个民族的"古"是在他们的血液里,像中国这样一个有悠久历史的民族,要取消它的"古"的成分,并不太容易。难的倒是怎样学习新的,因为我们在上文已经提过,文化是有惰性的,而愈老的文化,惰性也愈大。克服惰性是一件难事啊!

有人说,你太傻了,你忘了"儒表佛里"的理学家的道统是从文武周公算起的,而不从释迦牟尼算起,接受西洋科学精神的朴学,仍称为汉学,而不称西学。内容无妨接受人家,外表还得是自己的。这是面子问题,而面子也不能不顾。今天的复古,也可以作如是观。我但愿自己太傻,然而我又担心拥护复古的人们和我一样的傻。傻到真正言行一致。

家族主义与民族主义

周初是我们历史的成年期，我们的文化也就在那时定型了。当时的社会组织是封建的，而封建的基础是家族，因此我们三千年来的文化，便以家族主义为中心，一切制度，祖先崇拜的信仰，和以孝为核心的道德观念等等，都是从这里产生的。与家族主义立于相反地位的一种文化势力，便是民族主义。这是我们历史上比较晚起的东西。在家族主义的支配势力之下，它的发展起初很迟钝，而且是断断续续的，直至最近五十年，因国际形势的刺激，才有显著的持续的进步。然而时代变得太快，目前这点民族意识的醒觉，显然是不够的。我们现在将三千年来家族主义与民族主义两个势力发展的情形，作一粗略的检讨，这对于今后发展民族主义许是应有的认识。

上文已经说过，建立封建制度的基础是家族制度。但封建制度的崩溃，也正由于它这基础。一个最强固的家族，是在它发展得不大不小的时候。太小固然不足以成为一个力量，太大则内部散漫，本身力量互相抵消，因此也不能成为一个坚强统一的有机体。封建的重心始终在中层的大夫阶级，理由便在此。重心在大夫，所以侯国与王朝必趋于削弱，以至制度本身完全解体。一方面封建制度下所谓国，既只是一群家的组合体，其重心在家而不在国，一方面国与国间的地理环境，既无十分难以打通的天然墙壁，而人文方面，尤其是文字的统一，处处都是妨碍任何一国发展其个别性的条件，因此在列国之间，类似民族主义的观念便无从产生。春秋时诚然喊过一度“尊王攘夷”的口号，但是那“夷”毕竟太容易“攘”了（有的还不待攘而自被同化），所以也没有逼出我们的民族主义来。我们一直在为一种以家族主义为基础的天下主义努力，那便是所谓“天下一家”的理想。到了秦汉，这理想果然实现了。就以家族主义为基础的精神看来，郡县只是抽掉了侯国的封建——一种阶层更简单，组织更统一，基础更稳固的封建制度，换言之，就是一种更彻底，更合理的家族主义的社会组织。汉人看清了这一点，索性就以治家之道治天下，而提倡孝，尊崇儒术。这办法一直维持了两千余年，没有变过，可见它对于维持内部秩序相当有效。可惜的是一个国家的问题不仅从内部发生，因而家族主义的作用也就有时而穷了。

自汉朝以孝行为选举人才的标准，渐渐造成汉末魏晋以来的门阀之风，于是家族主义更为发达。突然来临的五胡乱华的局面，不但没有刺激我们的民族主义，反而加深了我们的家族主义。因为当时的人是用家族主义来消极的抵抗外患。所以门阀之风到了六朝反而更盛，如果当时侵入的异族讲了民族主义，一意要胡化中国，我们的家族主义未尝不可变质为民族主义。无奈那些胡人只是学华语，改汉姓，一味向慕汉化，人家既不讲民族主义，我们的民族主义自然也讲不起来。一方面我们自己想借家族主义以抵抗异族，一方面异族也用釜底抽薪的手段，附和我们的家族主义，以图应付我们，于是家族主义便愈加发达，而民族意识便也愈加消沉。再加上当时内侵的异族本身，在种族方面万分复杂，更使民族主义无从讲起。结果到了天宝之乱，几乎整个朝廷的文武百官，都为了保全身家性命，投降附逆了。一位“麻鞋见天子，衣袖露两肘”的诗人便算作了不得的忠臣，那时代的忠的观念之缺乏，真叫人齿冷！这大概是历史上民族意识最消沉的一个时期了。

然而唐初已开始设法破坏门阀，而轻明经，重进士的选举制度也在暗中打击拥护家族主义的儒家思想，这些措施虽未能立刻发生影响而消灭门阀观念，但至少中唐以下，十分不尽人情的孝行是不多见了。（韩愈辩讳便是孝的观念在改变中之一例。）这是历史上一个重要的转捩点。因为老实说，忠与孝根本是冲突的，若非唐朝先把孝的观念修正了，临到宋朝，无

论遇到多大的外患，还是不会表现那么多忠的情绪的。孝让一步，忠才能进一步，忠孝不能两全，家族主义与民族主义不能并立，不管你愿意与否，这是铁的事实。

历史进行了三分之二的年代，到了宋朝，民族主义这才开始发芽，迟是太迟，但仍然是值得庆幸的。此后的发展，虽不是直线的，大体说来，还是在进步着。从宋以下，直到清末科举被废，历代皆以经义取士，这证明了以孝为中心思想的家族主义，依然在维持着它的历史的重要性。但蒙古满清以及最近异族的侵略，却不断的给予了我们民族主义发展的机会，而且每一次民族革命的爆发，都比前一次更为猛烈，意识也更为鲜明。由明太祖而太平天国，而辛亥革命，以至目前的抗战，我们确乎踏上了民族主义的路。但这条路似乎是扇形的，开端时路面很窄，因此和家族主义的路两不相妨，现在路面愈来愈宽，有侵占家族主义的路面之势，以至将来必有那么一天，逼得家族主义非大大让步不可。家庭是永远不能废的，但家族主义不能存在。家族主义不存在，则孝的观念也要大大改变，因此儒家思想的价值也要大大减低了。家族主义本身的好坏，我们不谈，它妨碍民族主义的发展是事实，而我们现在除了民族主义没有第二条路可走（因为这是到大同主义必经之路），所以我们非请它退让不可。

有人或许以为讲民族主义，必需讲民族文化，讲民族文化必须以儒家为皈依。因而便不得不替家族主义辩护，这似乎是没有认清历史的发展。而且中国的好东西至少不仅仅是儒家思想，而儒家思想的好处也不在其维护家族主义的孝的精神。前人提过“移孝作忠”的话，其实真是孝，就无法移作忠，既已移作忠，就不能再是孝了。倒是“忠孝不能两全”真正一语破的了。

从宗教论中西风格

要说明中西人风格的不同，可以从种种不同的方面着眼，从宗教着眼，无疑是一个比较扼要的看法。所谓宗教，有广义的，有狭义的。狭义的讲来，中国人没有宗教，因此我们若能知道这狭义宗教的本质是什么，便也知道了中西风格不同之点在那里。至于是宗教造成了西洋人的性格，还是西洋人的性格产生了他们的宗教，那是一个鸡生蛋还是蛋生鸡的辩论，我们不去管它。目下我们要认清的一点，是宗教与西洋人的性格是不可分离的。

要确定宗教的本质是什么，最好是溯源到原始思想。生的意志大概是人类一切思想的根苗。人类生活愈接近原始时代，求生意志的强烈，与求生能力的薄弱，愈有形成反比例之势。但是能力愈薄弱，不仅不能减少意志的强烈性，反而增加了它。在这能力与意志不能配合的难关中，人类乃以主观的“生的意识”来补偿客观的“生的事实”之不足，换言之，因一心欲生，而生偏偏是不完整，不绝对的，于是人类便以“死的否认”来保证“生的真实”。这是人类思想史的第一页，也实在是一个了不得的发明。我们今天都认为死是一个千真万确的事实，原始人并不这样想。对于他们，死不过是生命途程中的另一阶段，这只看他们对祭祀态度的认真，便可知道。我们也可以说，他们根本没有死的观念，他们求生之心如此迫切，以至忽略了死的事实，而不自觉的做到了庄子所谓“以死生为一体”的至高境界。我说不自觉的，因为那不是庄子那般通过理智的道路然后达到的境界，理智他们绝对没有，他们只是一团盲目的求生的热欲，在热欲的昏眩

中，他们的意识便全为生的观念所占据，而不容许那与生相反的死的观念存在，诚然，由我们看来，这是自欺。但是，要晓得对原始人类，生存是那样艰难，那样没有保障，如果没有这点生的信念，人类如何活得下去呢？所以我们说这人类思想史的第一页，是一个了不得的发明。

原始人类不承认死的事实，那不死简直是肉体的不死，这还是可以由他们对祭祀的态度证明的。但是知识渐开，他们终于不得不承认死是一个事实。承认了死，是否便降低了生的信念呢？那却不然。他们承认的是肉体的死，至于灵魂他们依然坚持是不会死的。以承认肉体的死为代价，换来了灵魂不死的信念，在实利眼光的人看来，是让步，是更无聊的自欺，在原始人类看来，却是胜利，因为他们认为灵魂的存在比肉体的存在还有价值，因此，用肉体的死换来了灵魂的不死，是占了便宜。总之他们是不肯认输，反正一口咬定了不死，讲来讲去，还是不死，甚至客观的愈逼他们承认死是事实，主观的愈加强了他们对不死的信念。他们到底为什么要这样倔强，这样执迷不悟？理智能力薄弱吗？但要记得这是理智能力进了一步，承认了肉体的死是事实以后的现象。看来理智的压力愈大，精神的信念跳得愈高。理智的发达并不妨碍生的意志，反而鼓励了它，使它创造出一个永生的灵魂。这是人类思想史的第二页，一个更荒唐，也更神妙的发明。

人类由自身的灵魂而推想到大自然的灵魂，本是思想发展过程中极自然的一步。想到这个大自然的灵魂实在就是人类自己的灵魂的一种投射作用，再想到这投射出去的自己，比原来的自己几乎是无限倍数的伟大，并又想到在强化生的信念与促进生的努力中，人类如何利用这投射出去的自己来帮助自己——想到这些复杂而纡回的步骤，更令人惊讶人类的“其愚不可及”，也就是他的其智不可及。如今人毕竟承认了自己无能，因为他的理智又较前更发达了一些，他认清了更多的客观事实，但是他就此认输了吗？没有。人是无能，他却创造了万能的神。万能既出自无能，那么无能依然是万能。如今人是低头了，但只向自己低头，于是他愈低头，自己的地位也愈高。你反正不能屈服他，因为他有着一个铁的生命意志，而铁是愈锤炼愈坚韧的。这人类思想史的第三页，讲理论，是愈加牵强，愈加支离，讲实用，却不能不承认是不可思议的神奇。

如果是以贿赂式的祭祀为手段，来诱致神的福佑或杜绝神的灾祸，或有时还不惜用某种恫吓式的手段，来要挟神做些什么或不做些什么——对神的态度，如果是这样，那便把神的能力看得太小了。人小看了神的能力其实也就是小看了自己的能力，严格的讲，可以恫吓与贿赂的手段来控制的对象，只能称之为妖灵或精物，而不是神，因之，这种信仰也只能算作迷信，而不是宗教。宗教崇拜的对象必须是一个至高无上的，神圣的，万能而慈爱的神，你向他只有无条件的依皈和虔诚的祈祷。你的神愈是全德与万能，愈见得你自己全德与万能，因为你的神就是你所投射出去的自身的影子。既然神就是像自己，所以他不妨是一个人格神，而且必然是一个人格神。神的形象愈像你自己，愈足以证明是你的创造。正如神的权力愈大，愈足以反映你自己权力之大。总之，你的神不能太不像你自己，不像你自己，便与你自己无关，他又不能太像你自己，太像你自己，便暴露了你的精神力量究竟有限。是一个不太像你，又不太不像你的全德与万能的人格神，不多不少，恰恰是这样一个信仰，才能算作宗教。

按照上述的宗教思想发展的程序和它的性质，我们很容易辨明中西人谁有宗教谁没有宗教。第一，关于不死的问题，中国人最初分明只有肉体不死的观念，所以一方面那样着重祭祀与厚葬，一方面还有长生不老和白日飞升的神仙观念。真正灵魂不死的观念，我们本没有，我们的灵魂观念是外来的，所以多少总有点模糊。第二，我们的神，在下层阶级里，不是些妖灵精物，便是人鬼的变相，因此都太像我们自己了，在上层阶级里，他又只是一个观念神而非人格神，因此又太嫌不像我们自己了。既没有真正的灵魂观念，又没有一个全德与万能的人格神，所以说我们没有宗教，而我们的风格和西洋人根本不同之处恐怕也便在这里。我们说死就是死，他们说死还是生，我们说人就是人，他们说不是，人是神。我们对现实屈服了，认输了，他们不屈服，不认输，所以他们有宗教而我们没有。

我们在上文屡次提到生的意志，这是极重要的一点，也许就是问题的

核心。往往有人说弱者才需要宗教，其实是强者才能创造宗教来扶助弱者，替他们提高生的情绪，加强生的意志。就个人看，似乎弱者更需要宗教，但就社会看，强者领着较弱的同类，有组织的向着一个完整而绝对的生命追求，不正表现那社会的健康吗？宗教本身尽有数不完的缺憾与流弊，产生宗教的动机无疑是健康的。有人说西洋人的爱国思想和恋爱哲学，甚至他们的科学精神，都是他们宗教的产物，他们把国家，爱人和科学的真理都“神化”了，这话并不过分。至少我们可以说，产生他们那宗教的动力，也就是产生那爱国思想，恋爱哲学和科学精神的动力，不是对付的，将就的，马马虎虎的，在饥饿与死亡的边缘上弥留着的活着，而是完整的，绝对的活着，热烈的活着——不是彼此都让步点的委曲求全，所谓“中庸之道”式的，实在是一种虚伪的活，而是一种不折不扣的，不是你死我活，便是我死你活的彻底的，认真的活——是一种失败在今生，成功在来世的永不认输，永不屈服的精神。这便是西洋人的性格。这性格在他们的宗教中表现得最明显，因此也在清教徒的美国人身上表现得最明显。

人生如果仅是吃饭睡觉，寒暄应酬，或囤积居奇，营私舞弊，那许用不着宗教。但人生也有些严重关头，小的严重关头叫你感着不舒服，大的简直要你的命，这些时候来到，你往往感着没有能力应付它，其实还是有能力应付，因为人人都有一副不可思议的潜能。问题只在用一套什么手法把它动员起来。一挺胸，一咬牙，一转念头，潜能起来了，你便能排山倒海，使一切不可能的变为可能了。那不是技术，而是一种魔术。那便是宗教。中国人的办法，似乎是防范严重关头，使它不要发生，借以省却自己应付的麻烦。这在事实上是否可能，姑且不管，即使可能，在西洋人看来，多么泄气，多么没出息！他们甚至没有严重关头，还要设法制造它，为的是好从那应付的挣扎中得到乐趣。没事自己放火给自己扑灭，为的是救火的紧张太有趣了，如果救火不熄，自己反被烧死，那殉道者的光荣更是人生无上的满足！你说荒谬绝伦，简直是疯子！对了，你就是不会发疯，你生活里就缺少那点疯，所以你平庸，懦弱。人家在天上飞时，你在粪坑里爬！

中西风格的比较？你拿什么跟人家比？你配？尽管有你那一套美丽的名词，还是掩不住那渺小，平庸，怯懦，虚伪，掩不住你的小算盘，你的偷偷摸摸，自私自利，和一切的丑态。你的孝悌忠信，礼义廉耻，和你古圣先贤的什么哲学只令人作呕，我都看透了！你没有灵魂，没有上帝的国度，你是没有国家观念的一盘散沙，一群不知什么是爱的天阉（因此也不知什么是恨），你没有同情，也没有真理观念。然而你有一点鬼聪明，你的繁殖力很大。因为聪明所以会鼠窃狗偷——营私舞弊，囤积居奇。因为繁殖力大，所以让你的同类成千成万的裹在清一色的破棉袄里，排成番号，吸完了他们的血，让他们饿死，病死……这是你的风格，你的仁义道德！你拿什么和人家比！

没有宗教的形式不要紧。只要有产生宗教的那股永不屈服，永远向上追求的精神，换言之，就是那铁的生命意志，有了这个，任凭你向宗教以外任何方向发展都好，怕的是你这点意志，早被瘪死了，因此除了你那庸俗主义的儒家哲学以外，不但宗教没有，旁的东西也没有。更可怕的是宗教到你手里，也变成了庸俗，虚伪，和鼠窃狗偷的工具。怕的是你只存在，而没有生活，因为你的生命的前提是败北主义，和你那典型的口号“没有办法!”于是你只好嘲笑，说俏皮话。是啊，你有聪明，有繁殖力，所以你可以存在，（耗子苍蝇不也存在吗?）但你没有生活，因为我看透了你，你打头就承认了死是事实，那证明了你是怕死的。惟其怕死，所以你也怕生，你这没出息的“四万万五千万”！

可怕的冷静

一个从灾荒里长成的民族，挨着一切的苦难，总像挨着天灾一样，以麻木的坚忍承受打击，没有招架，没有愤怒，甚至没有呻吟，像冬眠的蛰虫一般，只在半死状态中静候着第二个春天的来临，——这样便是今天的中国，快挨过了第七个年头的国难，它还准备再挨下去，直到那一天，大概一觉醒来，自然会发现胜利就在眼前。客观上，战争与饥饿本也久已打成一片了，因此，愈是实质的战斗员，愈有挨饿的责任，不像人家最前线的人们吃得最好最饱，我们这里真正的饿莩恰恰就是真正的兵士。抗战与灾荒既已打成一片，抗战期中的现象，便更酷肖荒年的现象了。照例是灾情愈重，发财的愈多，结果贫穷的更加贫穷，富贵的更加富贵。照例是灾情严重了，呼吁的声音海外比国内更响，于是救济的主要责任落在外人身上，而国内人士，相形之下，便愈能显出他们那“不动心”的沉着而雍容的风度了。现在一切荒年的社会现象在抗战中又重演一次，不过规模更大，严重性更深刻些罢了。但是说来奇怪，分明是痼疾愈深，危机愈大，社会表层偏要装出一副太平景象的面孔。配合着冠冕堂皇的要人谈话和报纸社评的，是一般社会情绪——今天一个画展，明天一个堂会，“顾左右而言他”的副刊和小报一天天充斥起来，内容一天比一天软性化。从抗战开始以来，没有见过今天这样“众人熙熙，如享太牢，如登春台”的景象，这不知道是肺结核患者脸上的红晕呢，还是将死前的回光返照！

一部分人为着旁人的剥削，在饥饿中畜生似的沉默着，另一部分人却在舒适中兴高采烈的粉饰着太平，这现象是叫人不能不寒心的，如果他还有一点同情心与正义感的话。然而不知道是为了谁的体面，你还不能声张。最可虑的是不通世故而血气方刚的青年，面对这种事实，又将作何感想？对了，怕动摇抗战，但饥饿能抗战吗？粉饰饥饿就是抗战吗？如果抗战是天经地义，不要忘记当年的青年，便是撑持这天经地义最有力的支柱，可见青年盲目而又不盲目，在平时他不免盲目，在非常时期他却永远是不盲目的。原来非常时期所需要的往往不是审慎，而是勇气，而在这上面，青年是比任何人都强的。正如当年激起抗战怒潮的是青年，今天将要完成抗战大业的力量，也正是这蕴藏在青年心灵中的烦躁。这不是浮动，而是活力的脉搏。民族必需生存，抗战必需胜利，在这最高原则之下，任何平时的轨范都是可以暂时搁置的枝节。火烧上了眉毛，就得抢救。这是一个非常时期！

如果老年人中年人能负起责任，那自然更好，但事实上，战争先天的是青年人的工作（它需要青年的体质和青年的热情），所以如果老年人中年人肯负起责任，也只是参加青年的工作，或与青年分工合作，而不是代替青年的工作。战争既先天的是青年的工作，那么战时的国家就得以青年的意志为意志，虽则在战争的技术上，老年人中年人的智慧也是不可少的。

从抗战开始到今天，我们遭遇过两个关键，当初要不要抗战，是第一个关键，今天要不要胜利，是第二个关键，而第一个关键本来早已决定了第二个，因为既打算抗战，当然要胜利。但事实上目前的一切分明是朝着与胜利相反的方向发展，所以可怪的，是一部分人虽然看出方向的错误，却还要力持冷静，或从一些烦琐的立场，认为不便声张，不必声张。眼看青年完成抗战，争取胜利的意志必须贯彻，然而没有老年人中年人的智慧予以调节与指导，青年的力量不免浪费。万一还有人固执起来，利用他们的地位与力量，阻止了青年意志的贯彻，那结果便更不堪设想了。时机太危急了，这不是冷静的时候，希望老年人中年人的步调能与青年齐一，早点促成胜利的来临！大众的坚忍的沉默是可原谅的，因为他们是灾荒中生长的，而灾荒养成了他们的麻木，有着粉饰太平的职责的人们是可原谅的，因为他们也有理由麻木。可是负有领导青年责任的人们，如果过度的冷静，也是可怕的，当这不宜冷静的时候！

关于儒·道·土匪

医生临症，常常有个观望期间，不到病势相当沉重，病象充分发作时，正式与有效的诊断似乎是不可能的。而且，在病人方面，往往愈是痼疾，愈要讳疾忌医，因此恐怕非等到病势沉重，病象发作，使他讳无可讳，忌无可忌时，他也不肯接受诊断。

事到如今，我想即便是最冥顽的讳疾忌医派，如钱穆教授之流，也不能不承认中国是生着病，而且病势的严重，病象的昭著，也许赛过了任何历史记录。惟其如此，为医生们下诊断，今天才是最成熟的时机。

向来是“旁观者清”，无怪乎这回最卓越的断案来自一位英国人。这是韦尔斯先生观察所得：

> “在大部分中国人的灵魂里，斗争着一个儒家，一个道家，一个土匪。”（《人类的命运》）

为了他的诊断的正确性，我们不但钦佩这位将近八十高龄的的医生，而且感激他，感激他给我们查出了病源，也给我们至少保证了半个得救的希望，因为有了正确的诊断，才谈得到适当的治疗。

但我们对韦尔斯先生的拥护，不是完全没有保留的，我认为假如将“儒家，道家，土匪”，改为“儒家，道家，墨家”，或“偷儿，骗子，土匪”，这不但没有损害韦氏的原意，而且也许加强了它，因为这样说话，可以使那些比韦氏更熟悉中国历史和文化的人，感着更顺理成章点，因此也更乐于接受点。

先讲偷儿和土匪，这两种人作风的不同，只在前者是巧取，后者是豪夺罢了。“巧取豪夺”这成语，不正好用韩非的名言“儒以文乱法，侠以武犯禁”来说明吗？而所谓侠者不又是堕落了的墨家吗？至于以“骗子”代表道家，起初我颇怀疑那徽号的适当性，但终于还是用了它。“无为而无不为”也就等于说：无所不取，无所不夺，而看去又像是一无所取，一无所夺，这不是骗子是什么？偷儿，骗子，土匪是代表三种不同行为的人物，儒家，道家，墨家是代表三种不同的行为理论的人物，尽管行为产生了理论，理论又产生了行为，如同鸡生蛋，蛋生鸡一样，但你既不能说鸡就是蛋，你也就不能将理论与行为混为一谈。所以韦尔斯先生叫儒家，道家和土匪站作一排，究竟是犯了混淆范畴的逻辑错误。这一点表过以后，韦尔斯先生的观察，在基本意义上，仍不失为真知灼见。

就历史发展的次序说，是儒，墨，道。要明白儒墨道之所以成为中国文化的病，我们得从三派思想如何产生讲起。

由于封建社会是人类物质文明成熟到某种阶段的结果，而它自身又确乎能维持相当安定的秩序，我们的文化便靠那种安定而得到迅速的进步，而思想也便开始产生了。但封建社会的组织本是家庭的扩大，而封建社会的秩序是那家庭中父权式的以上临下的强制性的秩序，它的基本原则至多也只是强权第一，公理第二。当然秩序是生活必要的条件，即便是强权的秩序，也比没有秩序好。尤其对于把握强权，制定秩序的上层阶级，那种秩序更是绝对的可宝。儒家思想便是以上层阶级的立场所给予那种秩序的理论的根据。然而父权下的强制性的秩序，毕竟有几分不自然，不自然的便不免虚伪，虚伪的秩序终久必会露出破绽来，墨家有见于此，想以慈母精神代替严父精神来维持秩序，无奈秩序已经动摇后，严父若不能维持，慈母更不能维持。儿子大了，父亲管不了，母亲更管不了，所以墨家之归于失败，是势所必然的。

墨家失败了，一气愤，自由行动起来，产生所谓游侠了，于是秩序便愈加解体了。秩序解体以后，有的分子根本怀疑家庭存在的必要，甚至咒诅家庭组织的本身，于是独自逃掉了，这种分子便是道家。

一个家庭的黄金时代，是在夫妇结婚不久以后，有了数目不太多的子女，而子女又都在未成年的期间。这时父亲如果能干保持着相当丰裕的收入，家中当然充满一片天伦之乐，即令不然，儿女人数不多，只要分配得平均，也还可以过来相当快乐，万一分配不太平均，反正儿女还小，也不至闹出大乱子来。但事实是一个庞大的家庭，儿女太多，又都成年了，利害互相冲突，加之分配本来就不平均，父亲年老力衰，甚至已经死了，家务由不很持平的大哥主持，其结果不会好，是可想而知了。儒家劝大哥一面用父亲在天之灵的大帽子实行高压政策，一面叫大家以黄金时代的回忆来策励各人的良心，说是那样，当年的秩序和秩序中的天伦之乐，自然会恢复。他不晓得当年的秩序，本就是一个暂时的假秩序，当时的相安无事，是沾了当时那特殊情形的光，于今情形变了，自然会露出马脚来。墨家的母性的慈爱精神不足以解决问题，原因也只在儿女大了，实际的利害冲突，不能专凭感情来解决，这一层前面已经提到。在这一点上，墨家犯的错误，和儒家一样，不过墨家确乎感觉到了那秩序中分配不平均的基本症结，这一点就是他后来走向自由行动的路的心理基础。墨家本意是要实现一个以平均为原则的秩序，结果走向自由行动的路，是破坏秩序。只看见破坏旧秩序，而没有看见建设新秩序的具体办法，这是人们所痛恶的，因为，正如前面所说的，秩序是生活的必要条件。尤其是中国人的心理，即令不公平的秩序，也比完全没有秩序强。

这里我们看出了墨家之所以失败，正是儒家之所以成功。至于道家因根本否认秩序而逃掉，这对于儒家，倒因为减少了一个掣肘的而更觉方便，所以道家的遁世实际是帮助了儒家的成功。因为道家消极的帮了儒家的忙，所以儒家之反对道家，只是口头的，表面的，不像他对于墨家那样的真心的深恶痛绝。因为儒家的得势，和他对于墨道两家态度的不同，所以在上层阶级的士大夫中，道家还能存在，而墨家却绝对不能存在。墨家不能存在于士大夫中，便一变为游侠，再变为土匪，愈沉愈下了。

捣乱分子墨家被打下去了，上面只剩了儒与道，他们本来不是绝对不相容的，现在更可以合作了。合作的方案很简单。这里恕我曲解一句古书，

《易经》说“肥遁，无不利”，我们不妨读肥为本字，而把“肥遁”解为肥了之后再遁，那便是说一个儒家做了几任“官”，捞得肥肥的，然后撒开腿就跑，跑到一所别墅或山庄里，变成一个什么居士，便是道家了。——这当然是对己最有利的办法了。甚至还用不着什么实际的“遁”，只要心理上念头一转，就身在宦海中也还是遁，所谓“身在魏阙，心在江湖”和“大隐隐朝市”者，是儒道合作中更高一层的境界。在这种合作中，权利来了，他以儒的名分来承受，义务来了，他又以道的资格说，本来我是什么也不管的。儒道交融的妙用，真不是笔墨所能形容的，在这种情形之下，称他们为偷儿和骗子，能算冤屈吗？

“成者为王，败者为寇”，“窃钩者诛，窃国者侯”，这些古语中所谓王侯如果也包括了“不事王侯，高尚其事”的道家，便更能代表中国的文化精神。事实上成语中没有骂到道家，正表示道家手段的高妙。讲起穷凶极恶的程度来，土匪不如偷儿，偷儿不如骗子，那便是说墨不如儒，儒不如道。韦尔斯先生列举三者时，不称墨而称土匪，也许因为外国人到中国来，喜欢在穷乡僻壤跑，吃土匪的亏的机会特别多，所以对他们特别深恶痛绝。在中国人看来，三者之中，其实土匪最老实，所以也最好防备。从历史上看来，土匪的前身墨家，动机也最光明。如今不但在国内，偷儿骗子在儒道的旗帜下，天天剿匪，连国外的人士也随声附和的口诛笔伐，这实在欠公允，但我知道这不是韦尔斯先生的本意，因为我知道在他们本国，韦尔斯先生的同情一向是属于那一种人的。

话说回来，土匪究竟是中国文化的病，正如偷儿骗子也是中国文化的病。我们甚至应当感谢韦尔斯先生在下诊断时，没有忘记土匪以外的那两种病源——儒家和道家。韦尔斯先生用《春秋》的书法，将儒道和土匪并称，这是他的许多伟大贡献中的又一个贡献。

愈战愈强

回忆抗战初期，大家似乎不大讲到“胜利”，那时的心理与其说是胜败置之度外，还不如说是一心想着虽败犹荣。敌人是以“必定胜”的把握向我们侵略，我们是以“不怕败”的决心给他们抵抗。你无非是要我败，我偏偏不怕败，我不怕败，你便没有胜。那时人民的口号是“豁出去了！”“跟你拼了！”政府的策略是“破斧沉舟”，是“置之死地而后生”，人民和政府都不怕败，自然大家也不讳败，结果是我们愈败愈奋勇，而敌人真把我们没办法。

武汉撤退以后，渐渐听到“争取胜利”的呼声，然而也就透露了怕败的顾虑了。

开罗会议以后，胜利俨然到了手似的，而一般现象，则正好表示着一些人的工作，是在“争取失败”。事实昭彰，凡是有眼睛的都看到了，有良心的都指出了，这里无需我再说，我也不忍再说，于是愈是趋向失败，愈是讳言失败，自己讳言失败，同时也禁止旁人言失败。是否表面上“失败”绝迹了，暗地里便愈好制造失败呢？抗战到了这地步，大概也是一种“置之死地而后生”的办法罢？好了，那我以老百姓的资格，也就“豁出去了”！“跟你拼了！”

所以我今天想要算账！

算账是一件麻烦事，但不要紧，大的做大的算，小的做小的算，反正从今以后，我不打算有清闲日子了！

比如眼前在我们昆明，就有一笔不大不小的账值得算一算。

昨天早起出门找报看，第一家报纸给了我一个喜讯，它老老实实地告诉我，衡阳的仗咱们打好了一点，我当然很高兴。但是看到第二家报纸，却把我气昏了，就因为那标题中“我军愈战愈强”六个大字。

编辑先生！我是有名有姓的，我虽不知道你姓名，但你也必然有名有姓，你若是好汉，就请出来跟我算清这笔账！你所谓“愈战愈强”者，如果就是今天另一家报纸标题所谓“愈战愈奋”的意思，那我就原谅你，我可怜你中国人不大会处理中国文字。如果你那“强”字是甚么“四强之一”那类“强”的意思，那我就要控告你两大罪状：一，你侮辱了我们老百姓的人格。二，你出卖了你的祖国。

难道你就忘记了，卢沟桥的烽火一起，我们挺身应战，是为了我们有十二万分胜算的把握吗？老实告诉你，除了存心利用抗战来趁火打劫的败类之外，我们老百姓果真是怕败的话，就早已都投汪精卫去了。我相信在

自由中国，每一个良善的中国人，当初既是抱了拼命的决心，胜也要打，败也要打，今天还是抱定这决心，胜也要打，败也要打，何况国际的客观环境已经好转，谁又是那样的傻子，情愿让它“功亏一篑”呢？所以你如果多多给我们报导些自身的缺点，那只会增加我们的戒惧心，刺激我们的努力。你以为我们真是那样“闻败则馁”的草包吗？你若那样想，便把我们看同汪精卫之流了，你晓得那是侮辱别人的人格吗？

闻败则馁的必也闻胜则骄，你既把我们当作闻败则馁的人，那你泄露了（杜撰罢?）许多乐观的消息，难道又不怕我们骄起来吗？明知骄是抗战的鸩毒，而偏要用“愈战愈强”来灌溉我们的骄，那你又是何居心？依据你自己的逻辑，你这就是汉奸行为，因此你是出卖了你的祖国，你又晓得吗?

我们倒不怕承认自身的“弱”，愈知道自身弱在那里，愈好在各人自己的岗位上来尽力加强它。你说我们“愈强”，我倒要请你拿出事实来，好教我们更放心点。谁不愿意自己强呢！但信口开河是不负责任，存心欺骗更是无耻。六个字的标题，看来事小，它的意义却很重大。

用这字面的，本不只你一人，但是，先生，恕我这回抓住你了！你气得我一顿饭没吃好啊！然而如果在原则上你是受了谁的指示，那个指示你的人不也该是有名有姓的吗？如果他高兴，就请他出来说明也好。抗战是大家的抗战，国家是大家的国家，谁有权力来禁止我发问！

画展

我没有统计过我们这号称抗战大后方的神经中枢之一的昆明，平均一个月有几次画展，反正最近一个星期里就有两次。重庆更不用说，恐怕每日都在画展中，据前不久从那里来的一个官说，那边画展热烈的情形，真令人咋舌（不用讲，无论那处，只要是画展，必是国画）。这现象其实由来已久，在我们的记忆中，抗战与风雅似乎始终是不可分离的，而抗战愈久，雅兴愈高，更是鲜明的事实。

一个深夜，在大西门外的道上，和一位盟国军官狭路相逢，于是攀谈起来了。他问我这战争几时能完，我说，“这还得问你。”

“好罢！”他爽快的答道，“战争几时开始，便几时完结。”事后我才明白他的意思是说，只要他们真正开始反攻，日本是不值一击的。一个美国人，他当然有资格夸下这海口。但是我，一个中国人，尤其当着一个美国人面前，谈起战争，怎么能不心虚呢？我当时误会了他的意思，但我是爱说实话的。反正人家不是傻子，咱们的底细，人家心里早已是雪亮的，与其欲盖弥彰，倒不如自己先认了，所以我的答话是“战争几时开始？你们不是早已开始了吗？没开始的只是我们。”

对了，你敢说我们是在打仗吗？就眼前的事例说，一面是被吸完血的××编成“行尸”的行列，前仆后继的倒毙在街心，一面是“琳琅满目”，“盛况空前”的画展，你能说这不是一面在“奸污”战争，一面在逃避战争吗？如果是真实而纯洁的战争，就不怕被正视，不，我们还要用钟爱的心情端详它，抚摩它，用骄傲的嗓音讴歌它。惟其战争是因被“奸

污”而变成一个腐烂的，臭恶的现实，所以你就不能不闭上眼睛，掩着鼻子，赶紧逃过，逃的愈远愈好，逃到“云烟满纸”的林泉丘壑里，逃到“气韵生动”的仕女前……反之，逃得愈远，心境愈有安顿，也愈可以放心大胆让双手去制造血腥的事实。既然“立地成佛”有了保证，屠刀便不妨随时拿起，随时放下，随时放下，随时拿起。原来某一类说不得的事实和画展是互为因果的，血腥与风雅是一而二，二而一罢了。诚然，就个人说，成佛的不一定亲手使过屠刀，可是至少他们也是帮凶与窝户。如果是借刀杀人，让旁人担负使屠刀的劳力和罪名，自己干没了成佛的实惠，其居心便更不可问了。你自命读书明理的风雅阶级，说得轻点，是被利用，重点是你利用别人，反正你是逃不了责任的！

艺术无论在抗战或建国的立场下，都是我们应该提倡的，这点道理并不只你风雅人士们才懂得。但艺术也要看那一种，正如思想和文学一样，它也有封建的与现代的，或复古的与前进的（其实也就是那人道与非人道）之别。你若有良心，有魄力，并且不缺乏那技术，请站出来，学学人家的画家，也去当个随军记者，收拾点电网边和战壕里的“烟云”回来，或就在任何后方，把那“行尸”的行列速写下来，给我们认识认识点现实也好，起码你也该在随便一个题材里多给我们一点现代的感觉，八大山人四王吴恽费晓楼改七芗乃至吴昌硕齐白石那一套，纵然有他们的历史价值，在珂罗版片中也够逼真的了，用得着你们那笨拙的复制吗？在这复古气焰高张的年代，自然正是你们扬眉吐气的时机，但是小心不要做了破坏民族战斗意志的奸细，和危害国家现代化的帮凶！记着我的话，最后裁判的日子必然来到，那时你们的风雅就是你们的罪状！

一个白日梦

林荫路旁侍立着一排像是没有尽头的漂亮的黄墙，墙上自然不缺少我们这“文字国”最典型的方块字的装饰，只因马车跑得太快，来不及念它，心想反正不是机关，便是学校，要不就是营房。忽然两座约莫二丈来高，影壁不像影壁，华表不像华表，极尽丑恶之能事的木质构造物闯入了视野，像黑夜里冷不防跳出一声充满杀气的“口令!”那东西可把人吓一跳！那威风凛凛的稻草人式的构造物，和它上面更威风的蓝地白书的八个擘窠大字：

顶天立地
继往开来

也不知道是出自谁人的手笔，或那部“经典”，对子倒对得顶稳的。可是当时我并没有想到那些，我只觉得一阵头昏眼花，不是吓唬的，（稻草人可吓得倒人?）我的头昏眼花恰恰是像被某种气味熏得作呕时的那一种。我问我自己，这究竟是一种什么气味？怎么那样冲人？

我想起十字牌的政治商标，我明白了。不错，八个字的目的如果在推销一个个人的成功秘诀，那除了希特勒型的神经病患者，谁当得起？如果是标榜一个国家的立国精神，除了纳粹德国一类的世界里，又那儿去找这样的梦？想不出我们黄炎子孙也变得这样伟大！果然如此，区区个人当然也“与有荣焉”，——我的耳根发热了。

个人主义和由它放大的本位主义的肥皂水，居然吹起了这样大而美丽

的泡，看，它不但囊括了全部的空间（顶天立地），还垄断了整个的时间（继往开来）！怕只怕一得意，吹得太使劲儿，泡炸了，到那时原形毕露，也不过那么小小一滴水而已。我真为它——也为我自己——捏一把汗。

个人之于社会等于身体的细胞，要一个人身体健全，不用说必须每个细胞都健全。但如果某个细胞太喜欢发达，以至超过它本分的限度而形成瘿瘤之类，那便是病了。健全的个人是必需的，个人发达到排他性的个人主义却万万要不得。如今个人主义还不只是瘿瘤，它简直是因毒菌败坏了一部分细胞而引起的一种恶性发炎的痈疽，浮肿的肌肉开着碗口大的花，那何尝不也是花花绿绿的绚烂的色彩，其实只是一堆臭脓烂肉。唉！气味便是从那里发出的吧！

从排他性的个人主义到排他性的民族主义，是必然的发展。我是英雄，当然我的族类全是英雄。炎性是会得蔓延的，这不必细说。

极端的个人主义者必然也是个唯心主义者。心灵是个人行为的发号施令者，夸大了个人，便夸大了心灵。也许我只是历史上又一个环境的幸运儿，但我总以为我的成功，完全由于自己的意志或精神力量，只因为除了我个人，我什么也没看见。我只知道向自己身上去发现成功的因素，追得愈深，想得愈玄，于是便不能不堕入唯心论的迷魂阵中。

一切环境因素，一切有利的物质条件，一切收入的账都被转到支出项下了，我惊讶于自身无尽的财富，而又找不出它的来源，我的结论只好是“天生德于予”了。于是我不但是英雄，而且是圣人了！

由不曾失败的英雄，一变而为不曾错误的圣人，我便与“真理”同体化了，因而“我”与“人”就变成“是”与“非”的同义语了。从此一切暴行只要是出于我的，便是美德，因为“我”就是“是”。到这时，可怜的个人主义便交了恶运，环境渐渐于我不利，我于是猜忌，疯狂，甚至迷信，我的个人主义终于到了恶性发炎的阶段，我的结局……天知道是什么！

什么是儒家

——中国士大夫研究之一

“无论在任何国家，”伊里奇在他的《国家论》里说，“数千年间全人类社会的发展，把这发展的一般的合法则性，规则性，继起性，这样的指示给我们了：即是，最初是无阶级社会——贵族不存在的太古的，家长制的，原始的社会；其次是以奴隶制为基础的社会，奴隶占有者的社会。……奴隶占有者和奴隶是最初的阶级分裂。前一集团不仅占有生产手段——土地，工具（虽然工具在那时是幼稚的），而且还占有了人类。这一集团称为奴隶占有者，而提供劳动于他人的那些劳苦的人们便称为奴隶。”中国社会自文明初发出曙光，即约当商盘庚时起，便进入了奴隶制度的阶段，这个制度渐次发展，在西周达到它的全盛期，到春秋中叶便成强弩之末了，所以我们可以概括的说，从盘庚到孔子，是我们历史上的奴隶社会期。但就在孔子面前，历史已经在剧烈的变革着，转向到另一个时代，孔子一派人大声急呼，企图阻止这一变革，然而无效。历史仍旧进行着，直到秦汉统一，变革的过程完毕了，这才需要暂时休息一下。趁着这个当儿，孔子的后学们，以董仲舒为代表，便将孔子的理想，略加修正，居然给实现了。在长时期变革过程的疲惫后，这是一贴理想的安眠药，因为这安眠药的魔力，中国社会便一觉睡了两千年，直到孙中山先生才醒转一次。孔子的理想既是恢复奴隶社会的秩序，而董仲舒是将这理想略加修正后，正式实现了，那么，中国社会，从董仲舒到中山先生这段悠长的期间，便无妨称为一个变相的奴隶社会。

董仲舒的安眠药何以有这大的魔力呢？要回答这问题，还得从头说起。

相传殷周的兴亡是仁暴之差的结果，这所谓仁与暴分明代表着两种不同的奴隶管理政策。大概殷人对于奴隶榨取过度，以至奴隶们“离心离德”而造成“前途倒戈”的后果，反之，周人的榨取比较温和，所以能一方面赢得自己奴隶的“同心同德”，一方面又能给太公以施行“阴谋”的机会，教对方的奴隶叛变他们自己的主人。仁与暴是漂亮的名词，实际只是管理奴隶的方法有的高明点，有的笨点罢了。周人还有个高明的地方，那便是让胜国的贵族管理胜国的奴隶。《左传》定四年说“周公相王室，分鲁公以……殷民六族……使帅其宗氏，辑其分族，将其类丑，……使之职事于鲁，……分之土田陪敦（附庸，即仆庸），祝宗卜史，备物典策，官司彝器。……分康叔以……殷民七族。……”这些殷民六族与七族便是胜国投降的贵族，那些“备物典策，官司彝器”的“祝宗卜史”便是后来所谓“儒士”——寄食于贵族的智识分子。让贵族和智识分子分掌政教，共同管理自己的奴隶（附庸），这对奴隶们和奴隶占有者（周人）双方都有利的，因为以居间的方式他们可以缓和主奴间的矛盾，他们实在做了当时社会机构中的一种缓冲阶层。后来胜国贵族们渐趋没落，而儒士们因有特殊智识和技能，日渐发展成一种宗教文化的行帮企业，兼理着下级行政干部的事务，于是缓冲阶层便为儒士们所独占了。（当然也有一部分没落的胜国贵族，改业为儒，加入行帮的。）

明白了这种历史背景，我们就可以明白儒家的中心思想。因为儒家是一个居于矛盾的两极之间的缓冲阶层的后备军，所以他们最忌矛盾的统一，矛盾统一了，没有主奴之分，便没有缓冲阶层存在的余地。他们也不能偏袒某一方面，偏袒了一方，使一方太强，有压倒对方的能力，缓冲者也无事可做。所谓“君子和而不同”，便是要使上下在势均力敌的局面中和平相处，而切忌“同”于某一方面，以至动摇均势，因为动摇了均势，便动摇自己的地位啊！儒家之所以不能不讲中庸之道，正因他是站在中间的一种人。中庸之道，对上说，爱惜奴隶，便是爱惜自己的生产工具，也便是爱惜自己，所以是有利的；对下说，反正奴隶是做定了，苦也就吃定了，只要能吃少点苦就是幸福，所以也是有利的。然而中庸之道，最有利的，恐怕还是那站在中间，两边玩弄，两边镇压，两边劝谕，做人又做鬼的人吧！孔子之所以宪章文武，尤其梦想周公，无非是初期统治阶级的奴隶管理政策，符合了缓冲阶层的利益，所谓道统者，还是有其社会经济意义的。

可是切莫误会，中庸决不是公平。公平是从是非观点出发的，而中庸只是在利害上打算盘。主奴之间还讲什么是非呢？如果是要追究是非，势必牵涉到奴隶制度的本身，如果这制度本身发生了问题，那里还有什么缓冲阶层呢？显然的，是非问题是和儒家的社会地位根本相抵触的。他只能一面主张“成事不说，遂事不谏，既往不咎”，一面用正名（君君臣臣，父父子子）的理论，维持现有的秩序（既成事实），然后再苦口婆心的劝两面息事宁人，马马虎虎，得过且过。我疑心“中庸”之庸字也就是“附庸”之庸字，换言之，“中庸”便是中层或中间之佣。自身既也是一种佣役（奴隶），天下那有奴隶支配主人的道理？所以缓冲阶层的真正任务，也不过是恳求主子刀下留情，劝令奴才忍重负辱，“执中无权，犹执一也”，天秤上的码子老是向重的一头移动着，其结果，“中庸”恰恰是“不中庸”。可不是吗？“爵禄可辞也，白刃可蹈也，中庸不可能也！”果然你辞了爵禄，蹈了白刃，那于主人更方便（因为把劝架的人解决了，奴才失去了掩蔽，主人可以更自由的下毒手），何况爵禄并不容易辞，白刃更不容易蹈呢？实际上缓冲阶层还是做了帮凶，“季氏富于周公，而求也为之聚敛而附益之，”冉求的作风实在是缓冲阶层的惟一出路。孔子喝令“小子鸣鼓而攻之！”是冤枉了冉求，因为孔子自己也是“三月无君则皇皇如也”的，冉求又怎能饿着肚子不吃饭呢？

但是，有了一个建筑在奴隶生产关系上的社会，季氏便必然要富于周公，冉求也必然要为之聚敛，这是历史发展的一定的法则。这法则的意义是什么呢？恰恰是奴隶社会的发展促成了奴隶社会的崩溃。缓冲阶层既依存于奴隶社会，那么冉求之辈的替主人聚敛，也就等于替缓冲阶层自掘坟墓。所以毕竟是孔子有远见，“留得青山在，不怕没柴烧”，冉求是自己给自己毁坏青山啊！然而即令是孔子的远见也没有挽回历史。这是命运的作剧吧？做了缓冲阶层，其势不能不帮助上头聚敛，不聚敛，阶层的地位便

无法保持，但是聚敛得来使整个奴隶社会的机构都要垮台，还谈得到什么缓冲阶层呢？所以孔子的呼吁如果有效，青山不过是晚坏一天，自己便多烧一天的柴。如果无效，青山便坏得更早点，自己烧柴的日子也就更有限了，孔子的见地远是远点，但比起冉求，也不过是“以百步笑五十步”而已。结果，历史大概是沿着冉求的路线走的，连比较远见的路线都不曾蒙它采纳，于是春秋便以高速度的发展转入了战国，儒家的理想，非等到董仲舒是不能死灰复燃的。

话又说回来了，儒家思想虽然必须等到另一时代，客观条件成熟，才能复活，但它本身也得有其可能复活的主观条件，才能真正复活，否则便有千百个董仲舒，恐怕也是枉然。儒家思想，正如上文所说，是奴隶社会的产物，而它本身又是拥护奴隶社会的。我们都知道，奴隶社会是历史必须通过的阶段（它本身是社会进步的果，也是促使社会进步的因）。既然必须通过，当然最好是能过得平稳点，舒服点。文武周公所安排的，孔子所表章的奴隶社会，因为有了那缓和的榨取政策，和为执行这政策而设的缓冲阶层，它确乎是一比较舒服的社会，因为舒服，所以自从董仲舒把它恢复了，二千年的历史便在它的怀抱中睡着了。

诚然，董仲舒的儒家不是孔子的儒家，而董仲舒以后的儒家也不是董仲舒的儒家，但其为儒家则一，换言之，他们的中心思想是一贯的。二千年来士大夫没有不读儒家经典的，在思想上，他们多多少少都是儒家，因此，我们了解了儒家，便了解了中国士大夫的意识观念。如上文所说，儒家思想是奴隶社会的产物，然则中国士大夫的意识观念是什么，也就值得深长思之了！

五四断想

旧的悠悠死去，新的悠悠生出，不慌不忙，一个跟一个，——这是演化。

新的已经来到，旧的还不肯去，新的急了，把旧的挤掉，——这是革命。

挤是发展受到阻碍时必然的现象，而新的必然是发展的，能发展的必然是新的，所以青年永远是革命的，革命永远是青年的。

新的日日壮健着（量的增长），旧的日日衰老着（量的减耗），壮健的挤着衰老的，没有挤不掉的。所以革命永远是成功的。

革命成功了，新的变成旧的，又一批新的上来了。旧的停下来拦住去路，说：“我是赶过路程来的，我的血汗不能白流，我该歇下来舒服舒服。”新的说：“你的舒服就是我的痛苦，你耽误了我的路程，”又把他挤掉，……如此，武戏接二连三的演下去，于是革命似乎永远“尚未成功”。

让曾经新过来的旧的，不要只珍惜自己的过去，多多体念别人的将来，自己腰酸腿痛，拖不动了，就赶紧让。“功成身退，”不正是光荣吗？“后生可畏，焉知来者之不如今也！”这也是古训啊！

其实青年并非永远是革命的，“青年永远是革命的”这定理，只在“老年永远是不肯让路的”这前提下才能成立。

革命也不能永远“尚未成功”。几时旧的知趣了，到时就功成身退，不致阻碍了新的发展，革命便成功了。

旧的悠悠退去，新的悠悠上来，一个跟一个，不慌不忙，那天历史走上了演化的常轨，就不再需要变态的革命了。

但目前，我们还要用“挤”来争取“悠悠”，用革命来争取演化。“悠悠”是目的，“挤”是达到目的的手段。

于是又想到变与乱的问题。变是悠悠的演化，乱是挤来挤去的革命。若要不乱挤，就只得悠悠的变。若是该变而不变，那只有挤得你变了。

子在川上，曰：“逝者如斯夫，不舍昼夜！”古训也发挥了变的原理。

一二·一运动始末记[1]

自从民国三十三年双十节，昆明各界举行纪念大会，发表国是宣言，提出积极的政治主张，这里的学生，配合着文化界、妇女界、职业界的青年，便开始团结起来，展开热烈的民主运动，不断地喊出全国人民最迫切的要求。各大中学师生关于民主政治的无数次演讲、讨论和各种文艺活动的集会，各界人士许多次对国是的宣言，以及三十三年护国纪念，三十四年五四纪念的两次大游行，这些活动，和其他后方各大城市的沉默，恰好形成一个鲜明的对照。在这沉默中，谁知道他们对昆明，尤其昆明的学生，怀抱着多少欣羡，寄托着多少期望！

三十四年八月，日本正式投降，全国欢欣鼓舞，以为八年来重重的苦难，从此结束。但是不出两月，便在十月三日，云南省政府突然改组，驻军发生冲突，使无辜的市民饱受惊扰，而且遭遇到并不比一次敌机的空袭更少的死伤。昆明市民的喘息未定，接着全国各地便展开了大规模的内战。人人怀着一颗沉重的心，瞪视着这民族自杀的现象。昆明，被人们欣羡和期望着的昆明，怎么办呢？是的，暴风雨是要来的，昆明再不能等了，于是十一月二十五日晚，国立西南联合大学，国立云南大学，私立中法大学，和省立英语专修学校等四校学生自治会，在西南联大新校舍草坪上，召开了反对内战呼吁和平的座谈会，到会者五千余人。似乎反动者也不肯迟疑，在教授们的讲演声中，会场四周，企图威胁到会群众和扰乱会场秩序的机关枪、冲锋枪、小钢炮一齐响了，散会之后，交通又被断绝，数千人在深夜的寒风中踯躅着，抖颤着。昆明愤怒了！

翌日，全市各校学生，在市民普遍的同情与支持之下，相率罢课，表示抗议，并要求当局查办包围学校开枪的军队，撤销事前号称地方党政军联席会议所颁布的禁止集会游行的非法禁令。当局对学生们这些要求的答复是什么呢？除种种造谣诬蔑和企图破坏学生团结的所谓“反罢课委员会”的卑劣阴谋外，便是十一月三十日，特务们的棍子、石头、手枪、刺刀，对全市学生罢课联合委员会宣传队的沿街追打。然而这只是他们进攻的序幕。十二月一日，从上午九时到下午四时，大批的特务和身着制服、佩带符号的军人，携带武器，分批闯入云南大学，中法大学，联大工学院，师范学院，联大附中等五处，捣毁校具，劫掠财物，殴打师生。同时在联大新校舍门前，暴徒们于攻打校门之际，投掷手榴弹一枚，结果南菁中学教员于再先生中弹重伤，当晚十时二十分，在云大医院逝世。同时在联大师范学院，正当铁棍、石头飞舞之中，大批学生已经负伤倒地，又飞来三颗手榴弹，中弹重伤的联大学生李鲁连君，仅只奄奄一息了，又在送往医院的途中，被暴徒拦住，惨遭毒打，遂至登时气绝。奋勇救护受伤同学的联大学生潘琰小姐，已经胸部被手榴弹炸伤，手指被弹片削掉，倒地后，腹部上又被猛戳三刀，便于当日下午五时半在云大医院的病榻上，喊着“同学们团结呀！”与世长辞了。昆华工校学生张华昌君，闻变赶来援救联大同学，头部被弹片炸破，右耳满盛着血液，红色上浮着白色的脑浆，这条仅只十七岁的生命，绵延到当日下午五时在甘美医院也结束了。此外联大学生缀祥烈君，左腿骨炸断，后来医治无效，只好割去，变成残废。总计各校学生受重伤者十一人，轻伤者十四人，联大教授也有多人痛遭殴辱的。各处暴徒从肇事逞凶时起，到任务完成后，高呼口号，扬长过市时止，始终未受到任何军警的干涉。

这就是昆明学生的民主运动，和它的最高潮“一二·一”惨案的概略。

“一二·一”是中华民国建国以来最黑暗的一天，但也就在这一天，死难四烈士的血给中华民族打开了一条生路。从这天起，在整整一个月中，作为四烈士灵堂的联大图书馆，几乎每日都挤满了成千成万，扶老携幼的致敬的市民，有的甚至从近郊几十里外赶来朝拜烈士们的遗骸。从这天起，全国各地，乃至海外，通过物质的或精神的种种不同的形式，不断地寄来了人间最深厚的同情和最崇高的敬礼。在这些日子里，昆明成了全国民主运动的心脏，从这里吸收着也输送着愤怒的热血的狂潮。从此全国的反内战、争民主的运动，更加热烈地展开，终于在南北各地一连串的血案当中，促成了停止内战，协商团结的新局面。

愿四烈士的血是给新中国的历史写下了最初的一页，愿它已经给民主的中国奠定了永久的基石！如果这愿望不能立即实现的话，那么，就让未死的战士们踏着四烈士的血迹，再继续前进，并且不惜汇成更巨大的血流，直至在它面前，每一个糊涂的人都清醒起来，每一个怯懦的人都勇敢起来，每一个疲乏的人都振作起来，而每一个反动者都战栗地倒下去！

四烈士的血不会是白流的。

昆明四烈士墓

注释：

①本篇是闻一多为“一二·一”四烈士所撰碑文，镌刻在昆明四烈士墓前两根石柱的基座上。

倾听闻一多

·文艺札记·

泰果尔批评

听说 Sir Rabindranath Tagore[1]快到中国来了。这样一位有名的客人来光临我们，我们当然是欢迎不暇的了。我对客人来表示了欢迎之后，却有几句话要向我们自己——特别是我们文学界——讲一讲。

无论怎样成功的艺术家，有他的长处，必有他的短处。泰果尔也逃不出这条公例。所以我们研究他的时候，应该知所取舍。我们要的是明察的鉴赏，不是盲目的崇拜。

哲学本不宜入诗，哲理诗之难于成为上等的文艺正因这个原故。许多的人都在这上头失败了。泰果尔也曾拿起 Ulysses[2]底大弓尝试了一番，他也终于没有弯得过来。国内最流行的《飞鸟》，作者本来就没有把它当诗做；（这一部格言，语录和“寸铁诗”是他游历美国时写下的。Philadelphia Public Ledger[3]底记者只说“从一方面讲这些飞鸟是些微小的散文诗”，因为它们暗示日本诗底短小与轻脆。）我们姑且不必论它。便是那赢得诺贝尔奖的《偈檀迦利》和那同样著名的《采果》，其中也有一部分是诗人理智中的一些概念，还不曾通过情感的觉识。这里头确乎没有诗。谁能把这些哲言看懂了，他所得到的不过是猜中了灯谜底胜利的欢乐，绝非审美的愉快。这一类的千熬百炼的哲理的金丹正是诗人自己所谓

> Life's harvest mellows into golden wisdom.[4]

然而诗家的主人是情绪，智慧是一位不速之客，无须拒绝，也不必强留。至于喧宾夺主却是万万行不得的！

《偈檀迦利》同《采果》里又有一部分是平凡的祷词。我不怀疑诗人祈祷时候的心境最近于 ecstacy[⑤]，ecstaey 是情感底最高潮，然我不能承认这些是好诗。推其理由，也极浅鲜。诗人与万有冥交的时候，已先要摆脱现象，忘弃肉体之存在，而泯没其自我于虚无之中。这种时候，一切都没有了，那里还有语言，更那里还有诗呢？诗人在别处已说透了这一层秘密——他说上帝底面前他的心灵 vainly struggles for a voice。[⑥]从来赞美诗（hymns）中少有佳作，正因作者要在“入定”期中说话；首先这种态度就不诚实了，讲出的话，怎能感人呢？若择定在准备“入定”之前期或回忆“入定”之后期为诗中之时间，而以现象为其背景，那便好说话了，因为那样才有说话的余地。

泰果尔底文艺底最大的缺憾是没有把捉到现实。文学是生命底表现，便是形而上的诗也不外此例。普遍性是文学底要质而生活中的经验是最普遍的东西，所以文学底宫殿必须建在生命底基石上。形而上学惟其离生活远，要它成为好的文学，越发不能不用生活中的经验去表现。形而上的诗人若没有将现实好好的把捉住，他的诗人的资格恐怕要自行剥夺了。

1924 年泰戈尔先生访华

印度的思想本是否定生活的，严格讲来，不宜于艺术的发展。泰果尔因为受了西方文化底陶染，他的思想已经不是标类的印度思想了。他曾宣言了——Deliveranse is not for me in renunciation[7]，然而西方思想究竟是在浮面粘贴着，印度的根性依然藏伏在里边不曾损坏。他怀慕死亡的时候，究竟比歌讴生命的时候多些。从他的艺术上看来，他在这世界里果然是一个生疏的旅客。他的言语，充满了抽象的字样，是另一个世界的方言，不像我们这地球上的土语。他似乎不大认识我们的环境与风俗，因为他提到这些东西的时候，只是些肤浅的观察，而且他的意义总是难得捉摸。总而言之，他的举止吐属，无一样不现着outlandish[8]，无怪乎他常感着

> homesick……for the one sweet hour across the sea of time.[9]

因为他不曾明白地讲过吗？

> I came to your shore as a stranger, I lived in your house as a guest……my earth.[10]

泰果尔虽然爱好自然，但他爱的是泛神论的自然界。他并不爱自然的本身，他所爱的是 the simple meaning of thy whisper in showers and sunshine[11]，是 God's power……in the gentle breeze[12]，是鸟翼，星光同四季的花卉所隐藏着的，the unseen way[13]。人生也不是泰果尔底文艺的对象，只是他的宗教的象征。穿绛色衣服的行客，在床上寻找花瓣的少女，仆人或新妇在门口伫望主人回家，都是心灵向往上帝底象征；一个老人坐在小船上鼓瑟，不是一个真人，乃是上帝底原身。诗人底“父亲”，“主人”，“爱人”，“弟兄”，“朋友”都不是血肉做的人，实在便是上帝。泰果尔记载了一些自然的现象，但没有描写他们；他只感到灵性的美；而不赏识官觉的美。泰果尔摘录了些人生的现象，但没有表现出人生中的戏剧；他不会从人生中看出宗教，只用宗教来训释人生。把这些辨别清楚了，我们便知道泰果尔何以没有把捉住现实；由此我们又可以断言诗人的泰果尔定要失败，因为前面已经讲过，文学底宫殿必须建在现实的人生底基石上。果然我们读《偈

檀迦利》,《采果》,《园丁》,《新月》等，我们仿佛寄身在一座云雾的宫阙里，那里只有时隐时现，似人非人的生物。我们初到时，未尝不觉得新奇可喜；然而待久一点，便要感着一种可怕的孤寂，这时我们渴求的只是与我们同类的人，我们要看看人底举动，要听听人底声音，才能安心。我们在泰果尔底世界里要眷念着我们的家乡，犹之泰果尔在我们的地球上时时怀想他的故土一样。

多半时候泰果尔只能诉于我们的脑经，他常常能指点出一个出人意外入人意中的真理来。但是他并不能激动我们的情绪，使我们感觉到生活底溢流。这也是没有把捉住人生底结果。他若是勉强弹上了情绪之弦，他的音乐不失之于渺茫，便失之于纤弱。渺茫到了玄虚的时候，便等于没有音乐！纤弱的流弊能流于感伤主义。我们知道做《新月》的泰果尔很能了解儿童，却不料他自己竟变成一个儿童了，因为感伤主义正是儿童与妇女底情绪。(写到这里，我记起中国最善学泰果尔的是一个女作家；必是诗人底作品中女性的成分才能引起女人底共鸣。）泰果尔底诗是清淡，然而太清淡，清淡到空虚了；泰果尔的诗是秀丽，然而太秀丽，秀丽到纤弱了。Mr. John Macy 批评《园丁》里一首诗讲道：（it） would be faintly impressive if Walt Whitman had never lived,[14]我们也可以讲若是李杜没有生，韦孟也许可以作中国的第一流诗人了。

在艺术方面泰果尔更不足引人入胜。他是个诗人，而不是个艺术家。他的诗是没有形式的。我讲这一句话恐怕又要触犯许多人底忌讳。但是我不能相信没有形式的东西怎能存在，我更不能明了若没有形式艺术怎能存在！固定的形式不当存在；但是那和形式的本身有什么关系呢？我们要打破一个固定的形式，目的是要得到许多变异的形式罢了。泰果尔的诗不但没有形式，而且可说是没有廓线。因为这样，所以单调成了它的特性。我们试读他的全部的诗集，从头到尾，都仿佛不成形体，没有色彩的 amoeba[15]式的东西。我们还要记好这是些抒情的诗。别种的诗若是可以离形体而独立，抒情诗是万万不能的。Walter Pater 讲了：“抒情诗至少从艺术上讲来是最高尚最完美的诗体，因为我们不能使其形式

与内容分离而不影响其内容之本身。”

泰果尔底诗之所以伟大是因为他的哲学，论他的艺术实在平庸得很。他在欧洲的声望也是靠他诗中的哲学赢来的。至于他的知音夏芝所以赏识他，有两种潜意识的私人的动机，也不必仔细去讲它。但是我们要估定泰果尔底真价值，就不当取欧洲人底态度或夏芝底态度，也不当因为作者与自己同是东方人，又同属于倒霉的民族而受一种感伤作用底支配；我们但当保持一种纯客观的，不关心的 disinterested[16] 态度。若真能用这种透视法去观赏泰果尔底艺术，我想我们对于这位诗人底价值定有一番新见解。于今我们的新诗已够空虚，够纤弱，够偏重理智，够缺乏形式的了，若再加上泰果尔底影响，变本加厉，将来定有不可救药的一天。希望我们的文学界注意。

注释：

① Tagore，泰戈尔（1861—1941 年）印度作家。

② Ulysses，罗马神话中的英雄。

③ Philadelphia Public Ledger，《菲拉德尔非亚公众报》。

④ 这句英文诗意思是“生活的获益转化为宝贵的智慧”。

⑤ ecstacy，沉迷，入化。

⑥ 这句英文意思是“在做着徒劳的语言的搏斗”。

⑦ 这句英文意思是“对我来说，摆脱并不意味着断绝”。

⑧ outlandish，意为“异域情调”。

⑨ 这句英文大意是“怀乡症……一种跨越时空的甜美时刻”。

⑩ 这几句英文诗大意是——

我作为一个陌生者跨上你的海岸，

我作为一个宾客住进你的屋中……啊，我的大地。

⑪ 这段英文意思是“在阵雨和阳光中简朴的意蕴”。

⑫ 这段英文的意思是“在微风和煦中上帝的权威……”。

⑬ the uneen way，意为“幽冥之路”。

⑭ 这句英文的意思是“如果惠特曼没有生，那么这首诗或许还会给人留下一点微弱的印象”。

⑮ amoeba，即变形虫。

⑯ disinterested，“不感兴趣的”。

泰戈尔画像

文艺与爱国

——纪念三月十八

铁狮子胡同大流血之后《诗刊》就诞生了，本是碰巧的事，但是谁能说《诗刊》与流血——文艺与爱国运动之间没有密切的关系？

“爱国精神在文学里，”我让德林克瓦特讲，“可以说是与四季之无穷感兴，与美的逝灭，与死的逼近，与对妇人的爱，是一种同等重要的题目。”爱国精神之表现于中外文学里已经是层出不穷，数不胜数了。爱国运动能够和文学复兴互为因果，我只举最近的一个榜样——爱尔兰，便是明确的证据。

我们的爱国运动和新文学运动何尝不是同时发轫的？他们原来是一种精神的两种表现。在表现上两种运动一向是分道扬镳的。我们也可以说正因为他们没有携手，所以爱国运动的收效既不大，新文学运动的成绩也就有限了。

爱尔兰的前例和我们自己的事实已经告诉我们了：这两种运动合起来便能够互收效益，分开来定要两败俱伤。所以《诗刊》的诞生刚刚在铁狮子胡同大流血之后，本是碰巧的；我却希望大家要当他不是碰巧的。我希望爱自由，爱正义，爱理想的热血要流在天安门，流在铁狮子胡同，但是也要流在笔尖，流在纸上。

同是一个热烈的情怀，犀利的感觉，见了一片红叶掉下地来，便要百感交集，“泪浪滔滔”，见了十三龄童的赤血在地下踩成泥浆子，反而漠然无动于衷。这是不是不近人情？我并不要诗人替人道主义同一切的什么主义捧场。因为讲到主义便是成见了。理性铸成的成见是艺术的致命伤；

诗人应该能超脱这一点。诗人应该是一张留声机的片子，钢针一碰着他就响。他自己不能决定什么时候响，什么时候不响。他完全是被动的。他是不能自主，不能自救的。诗人做到了这个地步，便包罗万有，与宇宙契合了。换句话说，就是所谓伟大的同情心——艺术的真源。

并且同情心发达到极点，刺激来得强，反动也来得强，也许有时仅仅一点文字上的表现还不够，那便非现身说法不可了。所以陆游一个七十衰翁要“泪洒龙床请北征”，拜伦要战死在疆场上了。所以拜伦最完美，最伟大的一首诗，也便是这一死。所以我们觉得诸志士们三月十八日的死难不仅是爱国，而且是伟大的诗。我们若得着死难者的热情的一部分，便可以在文艺上大成功；若得着死难者的热情的全部，便可以追他们的踪迹，杀身成仁了。

因此我们就将《诗刊》开幕的一日最虔诚的献给这次死难的志士们了！

诗的格律

一

假定“游戏本能说”能够充分的解释艺术的起源，我们尽可以拿下棋来比作诗；棋不能废除规矩，诗也就不能废除格律。（格律在这里是 form 的意思。“格律”两个字最近含着了一点坏的意思，但是直译 form 为形体或格式也不妥当。并且我们若是想起 form 和节奏是一种东西，便觉得 form 译作格律是没有什么不妥的了。）假如你拿起棋子来乱摆布一气，完全不依据下棋的规矩进行，看你能不能得到什么趣味？游戏的趣味是要在一种规定的格律之内出奇制胜。做诗的趣味也是一样的。假如诗可以不要格律，做诗岂不比下棋，打球，打麻将还容易些吗？难怪这年头儿的新诗“比雨后的春笋还多些”。我知道这些话准有人不愿意听。但是 Bliss Perry 教授的话来得更古板。他说：“差不多没有诗人承认他们真正给格律缚束住了。他们乐意戴着脚镣跳舞，并且要戴别个诗人的脚镣。”

这一段话传出来，我又断定许多人会跳起来，喊着“就算它是诗，我不做了行不行?”老实说，我个人的意思以为这种人就不作诗也可以，反正他不打算来戴脚镣，他的诗也就做不到怎样高明的地方去。杜工部有一句经验语很值得我们揣摩的，“老去渐于诗律细。”

诗国里的革命家喊道：“皈返自然!”其实他们要知道自然界的格律，虽然有些像蛛丝马迹，但是依然可以找得出来。不过自然界的格律不圆满的时候多，所以必须艺术来补充它。这样讲来，绝对的写实主义便是艺术的破产。“自然的终点便是艺术的起点”，王尔德说得很对。自然并不尽是美的。自然中有美的时候，是自然类似艺术的时候。最好拿造型艺术来证明这一点。我们常常称赞美的山水，讲它可以入画。的确中国人认为美的山水，是以像不像中国的山水画做标准的。欧洲文艺复兴以前所认为女性的美，从当时的绘画里可以证明，同现代女性美的观念完全不合；但是现代的观念不同希腊的雕像所表现的女性美相符了。这是因为希腊雕像的出土，促成了文艺复兴，文艺复兴以来，艺术描写美人，都拿希腊的雕像做蓝本，因此便改造了欧洲人的女性美的观念。我在赵瓯北的一首诗里发现了同类的见解。

绝似盆池聚碧孱，嵌空石笋满江湾。
化工也爱翻新样，反把真山学假山。

这径直是讲自然在模仿艺术了。自然界当然不是绝对没有美的。自然界里面也可以发现出美来，不过那是偶然的事。偶然在言语里发现一点类似诗的节奏，便说言语就是诗，便要打破诗的音节，要它变得和言语一样——这真是诗的自杀政策了。（注意我并不反对用土白作诗，我并且相信土白是我们新诗的领域里，一块非常肥沃的土壤，理由等将来再仔细的讨论。我们现在要注意的只是土白可以“做”诗；这“做”字便说明了土白须要一番锻炼选择的工作然后才能成诗。）诗的所以能激发情感，完全在它的节奏；节奏便是格律。莎士比亚的诗剧里往往遇见情绪紧张到万分的时候，便用韵语来描写。歌德作《浮士德》也曾用同类的手段，在他致席勒的信里并且提到了这一层。韩昌黎“得窄韵则不复傍出，而因难见巧，愈险愈奇……”这样看来，恐怕越有魄力的作家，越是要戴着脚镣跳舞才跳得痛快，跳得好。只有不会跳舞的才怪脚镣碍事，只有不会作诗的才感觉得格律的缚束。对于不会作诗的，格律是表现的障碍物；对于一个作家，格律便成了表现的利器。

又有一种打着浪漫主义的旗帜来向格律下攻击令的人。对于这种人，

我只要告诉他们一件事实。如果他们要像现在这样的讲什么浪漫主义，就等于承认他们没有创造文艺的诚意。因为，照他们的成绩看来，他们压根儿就没有注意到文艺的本身，他们的目的只在披露他们自己的原形。顾影自怜的青年们一个个都以为自身的人格是再美没有的，只要把这个赤裸裸的和盘托出，便是艺术的大成功了。你没有听见他们天天唱道“自我的表现”吗？他们确乎只认识了文艺的原料，没有认识那将原料变成文艺所必须的工具。他们用了文字作表现的工具，不过是偶然的事，他们最称心的工作是把所谓“自我”披露出来，是让世界知道“我”也是一个多才多艺，善病工愁的少年；并且在文艺的镜子里照见自己那倜傥的风姿，还带着几滴多情的眼泪，啊！啊！那是多么有趣的事！多么浪漫！不错，他们所谓浪漫主义，正浪漫在这点上，和文艺的派别绝不发生关系。这种人的目的既不在文艺，当然要他们遵从诗的格律来作诗，是绝对办不到的；因为有了格律的范围，他们的诗就根本写不出来了，那岂不失了他们那“风流自赏”的本旨吗？所以严格一点讲起来，这一种伪浪漫派的作品，当它作把戏看可以，当它作西洋镜看也可以，但是万不能当它作诗看。格律不格律，因此就谈不上了。让他们来反对格律，也就没有辩驳的价值了。

上面已经讲了格律就是 form。试问取消了 form，还有没有艺术？上面又讲到格律就是节奏。讲到这一层更可以明了格律的重要；因为世上只有节奏比较简单的散文，决不能有没有节奏的诗。本来诗一向就没有脱离过格律或节奏。这是没有人怀疑过的天经地义。如今却什么天经地义也得有证明才能成立？是不是？但是为什么闹到这种地步呢——人人都相信诗可以废除格律？也许是“安拉基”精神，也许是好时髦的心理，也许是偷懒的心理，也许是藏拙的心理，也许是……那我可不知道了。

二

前面已经稍稍讲了讲为什么不当废除格律。现在可以将格律的原质分析一下了。从表面上看来，格律可从两方面讲：（一）属于视觉方面的，

（二）属于听觉方面的。这两类其实又当分开来讲，因为它们是息息相关的。譬如属于视觉方面的格律有节的匀称，有句的均齐。属于听觉方面的有格式，有音尺，有平仄，有韵脚；但是没有格式，也就没有节的匀称，没有音尺，也就没有句的均齐。

关于格式，音尺，平仄，韵脚等问题，本刊上已经有饶孟侃先生《论新诗的音节》的两篇文章讨论得很精细了。不过他所讨论的是从听觉方面着眼的。至于视觉方面的两个问题，他却没有提到。当然视觉方面的问题比较占次要的位置。但是在我们中国的文学里，尤其不当忽略视觉一层，因为我们的文字是象形的，我们中国人鉴赏文艺的时候，至少有一半的印象是要靠眼睛来传达的。原来文学本是占时间又占空间的一种艺术。既然占了空间，却又不能在视觉上引起一种具体的印象——这是欧洲文字的一个缺憾。我们的文字有了引起这种印象的可能，如果我们不去利用它，真是可惜了。所以新诗采用了西文诗分行写的办法，的确是很有关系的一件事。姑无论开端的人是有意的还是无心的，我们都应该感谢他。因为这一来，我们才觉悟了诗的实力不独包括音乐的美（音节），绘画的美（词藻），并且还有建筑的美（节的匀称和句的均齐）。这一来，诗的实力上又添了一支生力军，诗的声势更加扩大了。所以如果有人要问新诗的特点是什么，我们应该回答他：增加了一种建筑美的可能性是新诗的特点之一。

近来似乎有不少的人对于节的匀称和句的均齐表示怀疑，以为这是复古的象征。做古人的真倒霉，尤其做中华民国的古人！你想这事怪不怪？做孔子的如今不但“圣人”“夫子”的徽号闹掉了，连他自己的名号也都给褫夺了，如今只有人叫他作“老二”；但是耶稣依然是耶稣基督，苏格拉提依然是苏格拉提。你作诗摹仿十四行体是可以的，但是你得十二分的小心，不要把它做得像律诗了。我真不知道律诗为什么这样可恶，这样卑贱！何况用语体文写诗写到同律诗一样，是不是可能的？并且现在把节做到匀称了，句做到均齐了，这就算是律诗吗？

诚然，律诗也是具有建筑美的一种格式；但是同新诗里的建筑美的可

能性比起来，可差得多了。律诗永远只有一个格式，但是新诗的格式是层出不穷的。这是律诗与新诗不同的第一点。做律诗无论你的题材是什么？意境是什么？你非把它挤进这一种规定的格式里去不可，仿佛不拘是男人，女人，大人，小孩，非得穿一种样式的衣服不可。但是新诗的格式是相体裁衣。例如《采莲曲》的格式决不能用来写《昭君出塞》，《铁道行》的格式决不能用来写《最后的坚决》，《三月十八日》的格式决不能用来写《寻找》。在这几首诗里面，谁能指出一首内容与格式，或精神与形体不调和的诗来，我倒愿意听听他的理由。试问这种精神与形体调和的美，在那印板式的律诗里找得出来吗？在那乱杂无章，参差不齐，信手拈来的自由诗里找得出来吗？

律诗的格律与内容不发生关系，新诗的格式是根据内容的精神制造成的，这是它们不同的第二点。律诗的格式是别人替我们定的，新诗的格式可以由我们自己的意匠来随时构造。这是它们不同的第三点。有了这三个不同之点，我们应该知道新诗的这种格式是复古还是创新，是进化还是退化。

现在有一种格式：四行成一节，每句的字数都是一样多。这种格式似乎用得很普遍。尤其是那字数整齐的句子，看起来好像刀子切的一般，在看惯了参差不齐的自由诗的人，特别觉得有点希奇。他们觉得把句子切得那样整齐，该是多么麻烦的工作。他们又想到作诗要是那样的麻烦，诗人的灵感不完全毁坏了吗？灵感毁了，还那里去找诗呢？不错灵感毁了，诗也毁了。但是字句锻炼的整齐，实在不是一件难事；灵感决不致因为这个就会受了损失。我曾经问过现在常用整齐的句法的几个作者，他们都这样讲；他们都承认若是他们的那一首诗没有做好，只应该归罪于他们还没有把这种格式用熟；这种格式的本身，不负丝毫的责任。我们最好举两个例来对照着看一看，一个例是句法不整齐的；一个是整齐的，看整齐与凌乱的句法和音节的美丑有关系没有——

我愿透着寂静的朦胧，薄淡的浮纱，

细听着淅淅的细雨寂寂的在檐上，激打遥对着
远远吹来的空虚中的嘘叹的声音，
意识着一片一片的坠下的轻轻的白色的落花。

说到这儿，门外忽然灯响，
老人的脸上也改了模样；
孩子们惊望着他的脸色，
他也惊望着炭火的红光。

到底那一个音节好些——是句法整齐的，还是不整齐？更彻底的讲来，句法整齐不但于音节没有妨碍，而且可以促成音节的调和。这话讲出来，又有人不肯承认了。我们就拿前面的证例分析一遍，看整齐的句法同调和的音节是不是一件事。

孩子们 | 惊望着 | 他的 | 脸色
他也 | 惊望着 | 炭火的 | 红光

这里每行都可以分成四个音尺，每行有两个“三字尺”（三个字构成的音尺之简称，以后仿此）和两个“二字尺”，音尺排列的次序是不规则的，但是每行必须还他两个“三字尺”两个“二字尺”的总数。这样写来，音节一定铿锵，同时字数也就整齐了。所以整齐的字句是调和的音节必然产生出来的现象。绝对的调和音节，字句必定整齐。（但是反过来讲，字数整齐了，音节不一定就会调和，那是因为只有字数的整齐，没有顾到音尺的整齐——这种的整齐是死气板脸的硬嵌上去的一个整齐的框子，不是充实的内容产生出来的天然的整齐的轮廓。）

这样讲来，字数整齐的关系可大了，因为从这一点表面上的形式，可以证明诗的内在的精神——节奏的存在与否。如果读者还以为前面的证例不够，可以用同样的方法分析我的《死水》。

这首诗从第一行

这是丨一沟丨绝望的丨死水

起，以后每一行都是用三个“二字尺”和一个“三字尺”构成的，所以每行的字数也是一样多。结果，我觉得这首诗是我第一次在音节上最满意的试验。因为近来有许多朋友怀疑到《死水》这一类麻将牌式的格式，所以我今天就顺便把它说明一下。我希望读者注意，新诗的音节，从前面所分析的看来，确乎已经有了一种具体的方式可循。这种音节的方式发现以后，我断言新诗不久定要走进一个新的建设的时期了。无论如何，我们应该承认这在新诗的历史里是一个轩然大波。

这一个大波的荡动是进步还是退化，不久也就自然有了定论。

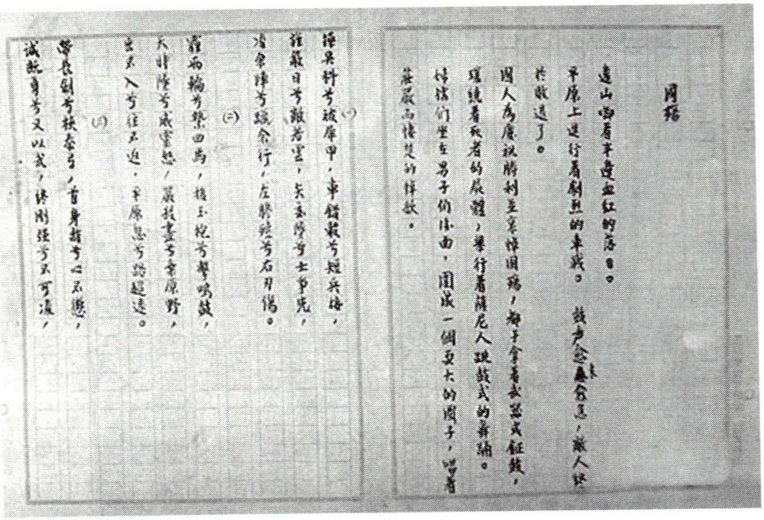

闻一多《九歌》手稿（部分）

诗人的横蛮

孔子教小子，教伯鱼的话，正如孔子一切的教训，在这年头儿，都是犯忌讳的。依孔子的见解，诗的灵魂是要“温柔敦厚”的。但是在这年头儿，这四个字千万说不得，说出了，便证明你是个弱者。当一个弱者是极寒伧的事，特别是在这一个横蛮的时代。在这时代里，连诗人也变横蛮了；做诗不过是用比较斯文的方法来施行横蛮的伎俩。我们的诗人早起听见鸟儿叫了几声，或是上万牲园逛了一逛，或是接到一封情书了……你知道——或许他也知道这都不是什么了不得的事件，够不上为它们就得把安居乐业的人类都给惊动了。但是他一时兴会来了，会把这消息用长短不齐的句子分行写了出来，硬要编辑先生们给它看过几遍，然后又耗费了手民的筋力给它排印了，然后又占据了上千上万的读者的光阴给它读完了，最末还要叫世界，不管三七二十一，承认他是一个天才。你看这是不是横蛮？并且他凭空加了世界这些担负，要是那一方面——编辑，手民或读者——对他大意了一点，他便又要大发雷霆，骂这世界盲目，冷酷，残忍，蹂躏天才，……这种行为不是横蛮是什么？再如果你好心好意对他这作品下一点批评，说他好，那固然算你没有瞎眼睛，你要是敢说了他半个坏字，那你可触动了太岁，他能咒到你全家都死尽了。试问这不是横蛮是什么？

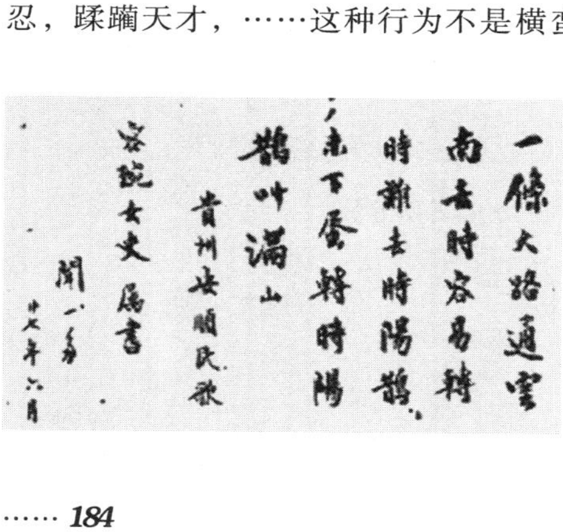

我看如果诗人们一定要这样

横蛮，这样骄纵，这样跋扈，最好早晚由政府颁布一个优待诗人的条例，请诗人都戴上平顶帽子，穿上灰色制服，（最好是粉红色的，那最合他们身份，）以表示他们是属于享受特殊权利的阶级，并且仿照优待军人的办法，电车上，公园里，戏园里……都准他们自由出入，让他们好随时随地寻求灵感。反正他们享受的权利已经不少了，政府不如卖一个面子，追认一下。但是我怕这一来，中国诗人一向的“温柔敦厚”之风会要永远灭绝了。

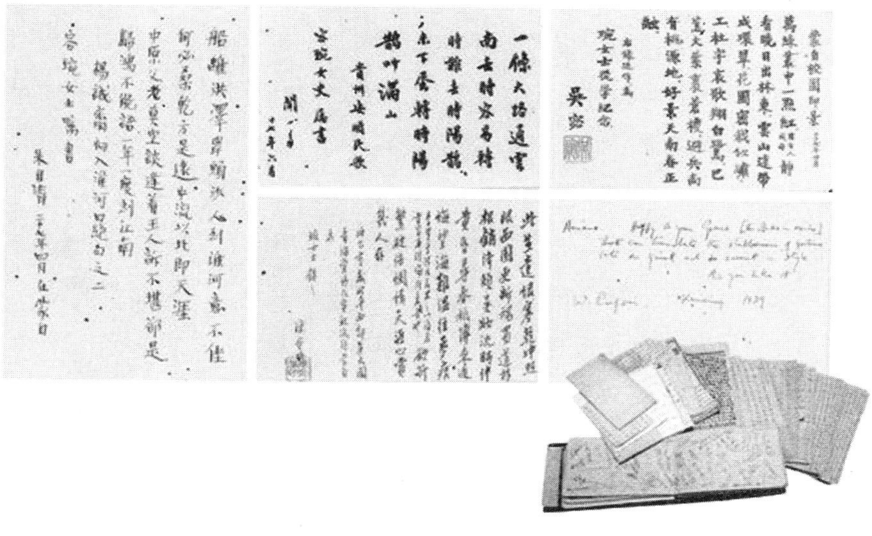

文学的历史动向

人类在进化的途程中蹒跚了多少万年，忽然这对近世文明影响最大最深的四个古老民族——中国，印度，以色列，希腊——都在差不多同时猛抬头，迈开了大步。约当纪元前一千年左右，在这四个国度里，人们都歌唱起来，并将他们的歌记录在文字里，给流传到后代，在中国，《三百篇》里最古部分——《周颂》和《大雅》，印度的《黎俱吠陀》（Rig－veda），《旧约》里最早的《希伯来诗篇》，希腊的《伊利亚特》（Iliad）和《奥德赛》（Odyssey）——都约略同时产生。再过几百年，在四处思想都醒觉了，跟着是比较可靠的历史记载的出现。从此，四个文化，在悠久的年代里，起先是沿着各自的路线，分途发展，不相闻问，然后，慢慢的随着文化势力的扩张，一个个的胳臂碰上了胳臂，于是吃惊，点头，招手，交谈，日子久了，也就交换了观念思想与习惯。最后，四个文化慢慢的都起着变化，互相吸收，融合，以至总有那么一天，四个的个别性渐渐消失，于是文化只有一个世界的文化。这是人类历史发展的必然路线，谁都不能改变，也不必改变。

上文说过，四个文化猛进的开端都表现在文学上，四个国度里同时迸出歌声。但那歌的性质并非一致的。印度希腊，是在歌中讲着故事，他们那歌是比较近乎小说戏剧性质的，而且篇幅都很长，而中国以色列则都唱着以人生与宗教为主题的较短的抒情诗。中国与以色列许是偶同，印度与希腊都是雅利安种人，说着同一系统的语言，他们唱着性质比较类似的歌，倒也不足怪。

中国，和其余那三个民族一样，在他开宗第一声歌里，便预告了他以后数千年间文学发展的路线。《三百篇》的时代，确乎是一个伟大的时代，我们的文化大体上是从这一刚开端的时期就定型了。文化定型了，文学也定型了，从此以后二千年间，诗——抒情诗，始终是我国文学的正统的类型，甚至除散文外，它是惟一的类型。赋，词，曲，是诗的支流，一部分散文，如赠序，碑志等，是诗的副产品，而小说和戏剧又往往以各自不同的方式夹杂些诗。诗，不但支配了整个文学领域，还影响了造型艺术，它同化了绘画，又装饰了建筑（如楹联，春帖等）和许多工艺美术品。

诗似乎也没有在第二个国度里，像它在这里发挥过的那样大的社会功能。在我们这里，一出世，它就是宗教，是政治，是教育，是社交，它是全面的生活。维系封建精神的是礼乐，阐发礼乐意义的是诗，所以诗支持了那整个封建时代的文化。此后，在不变的主流中文化随着时代的进行，在细节上曾多少发生过一些不同的花样。诗，它一面对主流尽着传统的呵护的职责，一方面仍给那些新花样忠心的服务。最显著的例是唐朝。那是一个诗最发达的时期，也是诗与生活拉拢得最紧的一个时期。

从西周到春秋中叶，从建安到盛唐，这中国文学史上两个最光荣的时期，都是诗的时期。两个时期各各拖着一条姿势稍异，但同样灿烂的尾巴，前者的是《楚辞》汉赋，后者的是五代宋词。而这辞赋与词还是诗的支流。然则从西周到宋，我们这大半部文学史，实质上只是一部诗史。但是诗的发展到北宋实际也就完了。南宋的词已经是强弩之末。就诗本身说，连尤杨范陆和稍后的元遗山似乎都是多余的，重复的。以后的更不必提了。我们只觉得明清两代关于诗的那许多运动和争论，都是无味的挣扎。每一度挣扎的失败，无非重新证实一遍那挣扎的徒劳无益而已。本来从西周唱到北宋，足足二千年的工夫也够长的了，可能的调子都已唱完了。到此，中国文学史可能不必再写，假如不是两种外来的文艺形式——小说与戏剧，早在旁边静候着，准备届时上前来“接力”。是的，中国文学史的路线南宋起便转向了，从此以后是小说戏剧的时代。

故事与雏形的歌舞剧，以前在中国本土不是没有，但从未发展成为文学的部门。对于讲故事，听故事，我们似乎一向就不大热心。不是教诲的寓言，就是纪实的历史，我们从未养成单纯的为故事而讲故事，听故事的兴趣。我们至少可说，是那充满故事兴味的佛典之翻译与宣讲，唤醒了本土的故事兴趣的萌芽，使它与那较进步的外来形式相结合，而产生了我们的小说与戏剧。故事本是民间的产物，不用讳言，它的本质是低级的。(便在小说戏剧里，过多的故事成分不也当悬为戒条吗?）正如从故事发展出来的小说戏剧，其本质是平民的，诗的本质是贵族的。要晓得它们之间距离很大，而距离是会孕育恨的。所以我们的文学传统既是诗，就不但是非小说戏剧的，而且推到极端，可能还是反小说戏剧的。若非宗教势力带进来那点新鲜刺激，而且自己的歌实在也唱到无可再唱的了，我们可能还继续产生些“韩非”“说储”，或“燕丹子”一类的故事，和《九歌》一类的雏形歌舞剧，但是，元剧和章回小说决不会有。然而本土形式的花开到极盛，必归于衰谢，那是一切生命的规律，而两个文化波轮由扩大而接触而交织，以致新的异国形式必然要闯进来，也是早经历史命运注定了的。异国形式也许早就来到了，早到起码是汉朝佛教初输入的时候，你可以在几百年中不注意它，等到注意了之后，还可以延宕，踌躇个又一度几百年，直到最后，万不得已的，这才死心塌地，接受了吧！但那只是迟早问题。反正自己的花无法再开，那命数你得承认。新的种子从外面来到，给你一个再生的机会，那是你的福分。你有勇气接受它，是你的聪明，肯细心培植它，是有出息，结果居然开出很不寒伧的花朵来，更足以使你自豪！

第一度外来影响刚刚扎根，现在又来了第二度的。第一度佛教带来的印度影响是小说戏剧，第二度基督教带来的欧洲影响又是小说戏剧（小说戏剧是欧洲文学的主干，至少是特色)，你说这是碰巧吗?

不然。欧洲文化正如它的鼻祖希腊文化一样，和印度文化，往大处看，还不是一家？这样说来，在这两度异乡文化东渐的阵容中，印度不过是欧洲的头，欧洲是印度的尾而已。就文化接触的全盘局势来看，头已进来，

尾的迟早必需来到，应该也是早已料到的事。第一度外来影响，已经由扎根而开花了，但还不算开到最茂盛的地步，而本土的旧形式，自从枯萎后，还不见再荣的迹象，也实在没有再荣的理由。现在第二度外来影响，又与第一度同一种类，毫无问题，未来的中国文学还要继续那些伟大的元明清人的方向，在小说戏剧的园地上发展。待写的一页文学史，必然又是一段小说戏剧史，而且较向前的一段，更为热闹，更为充实。

但在这新时代的文学动向中，最值得揣摩的，是新诗的前途。你说，旧诗的生命诚然早已结束，但新诗——这几乎是完全重新再做起的新诗，也没有生命吗？对了，除非它真能放弃传统意识，完全洗心革面，重新做起。但那差不多等于说，要把诗做得不像诗了。也对。说得更确点，不像诗，而像小说戏剧，至少让它多像点小说戏剧，少像点诗。太多“诗”的诗，和所谓“纯诗”者，将来恐怕只能以一种类似解嘲与抱歉的姿态，为极少数人存在着。在一个小说戏剧的时代，诗得尽量采取小说戏剧的态度，利用小说戏剧的技巧，才能获得广大的读众。这样做法并不是不可能的。在历史上多少人已经做过，只是不大彻底罢了。新诗所用的语言更是向小说戏剧跨近了一大步，这是新诗之所以为“新”的第一个也是最主要的理由。其它在态度上，在技巧上的种种进一步的试验，也正在进行着。请放心，历史上常常有人把诗写得不像诗，如阮籍，陈子昂，孟郊，如华茨渥斯（Wordsworth），惠特曼（Whitman），而转瞬间便是最真实的诗了。诗这东西的长处就在它有无限度的弹性，变得出无穷的花样，装得进无限的内容。只有固执与狭隘才是诗的致命伤，纵没有时代的威胁，它也难立足。

每一时代有一时代的主潮，小的波澜总得跟着主潮的方向推进，跟不上的只好留在港汊里干死完事。战国秦汉时代的主潮是散文。一部分诗服从了时代的意志，散文化了，便成就了《楚辞》和初期的汉赋，成就了“铙歌”，这些都是那时代的光荣。另一部分诗，如《郊祀歌》，《安世房中歌》，韦孟《讽谏诗》之类，跟不上潮流，便成了港汊中的泥淖。

明代的主潮的小说，《先妣事略》，《寒花葬志》和《项脊轩记》的作者归有光，采取了小说的以寻常人物的日常生活为描写对象的态度，和刻画景物的技巧，总算是沾上了点时代潮流的边儿（他自己以为是读《史记》读来了的，那是自欺欺人的话），所以是散文家中欧公以来惟一顶天立地的人物。其他同时代的散文家，依照各人小说化的程度的比例，也多多少少有些成就，至于那般诗人们只忙于复古，没有理会时代，无疑那将被未来的时代忘掉。以上两个历史的教训，是值得我们的新诗人书绅的。

四个文化同时出发，三个文化都转了手，有的转给近亲，有的转给外人，主人自己却都没落了，那许是因为他们都只勇于“予”而怯于“受”。中国是勇于“予”而不太怯于“受”的，所以还是自己的文化的主人，然而也只仅免于没落的劫运而已。为文化的主人自己打算，“取”不比“予”还重要吗？所以仅仅不怯于“受”是不够的，要真正勇于“受”。让我们的文学更彻底的向小说戏剧发展，等于说要我们死心塌地走人家的路。这是一个“受”的勇气的测验，也是我们能否继续自己文化的主人的测验。

过去记录里有未来的风色。历史已给我们指示了方向——“受”的方向，如今要的只是勇气，更多的勇气啊！

诗与批评

什么是诗呢？我们谁能大胆地说出什么是诗呢？我们谁能大胆地决定什么是诗呢？不能！有多少人是曾经对于诗发表过意见，但那意见不一定是合理的，不一定是真理；那是一种个人的偏见，因为是偏见，所以不一定是对的。但是，我们怎样决定诗是什么呢？我以为，来测度诗的不是偏见，应该是批评。

对于“什么是诗”的问题，有两种对立的主张：

有一种人以为：“诗是不负责的宣传。”

另一种人以为：“诗是美的语言。”

我们念了一篇诗，一定不会是白念的，只要是好诗，我们念过之后就受了他的影响：诗人在作品中对于人生的看法影响我们，对于人生的态度影响我们，我们就是接受了他的宣传。诗人用了文字的魔力来征服他的读者，先用了这种文字的魅力使读者自然地沉醉，自然地受了催眠，然后便自自然然的接受了诗人的意见，接受他的宣传。这个宣传是有如何的效果呢？诗人不问这个，因为他的宣传是不负责的宣传。诗人在作品中所表示的意见是可靠的吗？这是不一定的，诗人有他自己的偏见，偏见不一定是对的。好些人把诗人比作疯子，疯人的意见怎么是真理呢？实在，好些诗人写下了他的诗篇，他并不想到有什么效果，他并不为了效果而写诗，他并不为了宣传而写诗，他是为诗而写诗的；因之，他的诗就是一种不负责的东西了，不负责的东西是好的吗？这是一个很重要的问题，所以，第一种主张，就侧重在这种宣传的效果方面，我想，这是一种对于诗的价值论者。

好些人念一篇诗时是不理会他的价值的，他只吟味于词句的安排，惊喜于韵律的美妙：完全折服于文字与技巧中。这种人往往以为他的态度仅止于欣赏，仅止于享受而已。他是为念诗而念诗。其实这是不可能的事，在文字与技巧的魅力上，你并不只享受于那份艺术的功力，你会被征服于不知不觉中，你会不知不觉的为诗人所影响，所迷惑。对于这种不顾价值，而只求感受舒适的人，我想他们是对于诗的效率论者。

这两种态度都是不对的。因为单独的价值论或是效率论都不是真理。我以为，从批评诗的正确的态度上说，是应该二者兼顾的。

柏拉图在他的《理想国》中赶走了诗人，因为他不满意诗人。他是一个极端的价值论者，他不满意于诗人的不负责的宣传。一篇诗作是以如何残忍的方式去征服一个读者。诗篇先以美的颜面去迷惑了一个读者，叫他沉迷于字面，音韵，旋律，叫他为这些奉献了自己，然而又以诗人的偏见深深烙印在读者的灵魂与感情上，然而这是一个如何的烙印——不负责的宣传已是诗的最大罪名了，我们很难有法子让诗人对于他的宣传负责，（诗人是否能负责又是一个问题。）这样一来，为了防范这种不负责的宣传，我们是不是可以不要诗了呢？不行，我们觉得诗是非要不可，诗非存在不可的。既然这样，所以我们要求诗是“负责的宣传”。我们要求诗人对他的作品负责，但这也许是不容易的事，因之，我们想得用一点外力，我们以社会使诗人负责。

负责的问题成为最重要的了，我们为了诗的光荣存在而辩护，所以不能不要求诗的宣传是负责的，是有利益于社会的。我们想，若是要知道这宣传是否负责而用新闻检查的方式，实在是可笑的，我们不能用检查去了解，我们要用批评去了解；目前的诗著作是可用检查的方式限制的，但这限制对于古人是无用的；而且事实上有谁会想出这种类似焚书坑儒的事来折磨我们的诗人呢？我想应该不会，在苏联和别的国家也许用一种方法叫诗人负责，方法很简单，就是，拉着诗人的鼻子走，如同牵牛一样，政府派诗人做负责的诗，一个纪念，叫诗人做诗，一个建筑落成，叫诗人做诗，

这样，好些诗是写出来了，但结果，在这种方式下产生出来的作品，只是宣传品而不是诗了，既不是诗，宣传的力量也就小了或甚至没有了，最后，这些东西既不是诗，也不是宣传品，则什么都不是了，我们知道马也可夫斯基写过诗，也写过宣传品，后来他自杀了，谁知道他为什么自杀呢？所以我想，拉着诗人的鼻子走的方式并不是好的方式。

政府是可以指导思想的。但叫诗人负责，这不是诗人做得到的；上边我说，我们需要一点外力，这外力不是发自政府，而是发自社会，我觉得去测度诗的是否为负责的宣传的任务不是检查所的先生完成得了的，这个任务，应该交给批评家。

每个诗人都有他独特的性格，作风，意见和态度，这些东西会表现在作品里。一个读者要单选上一个诗人的东西读，也许不是有益而是有害的，因为我们无法担保这个诗人是完全对的，我们一定要受他的影响，若他的东西有了毒，是则我们就中毒了。鸡蛋是一种良好的食品，既滋补而又可口，但据说吃多了是有毒的，所以我们不能天天只吃鸡蛋，我们要吃别的东西。读诗也一样，我觉得无妨多读，从庞乱中，可以提取养料来补自己，我们可以读李白，杜甫，陶潜，李商隐，莎士比亚，但丁，雪莱，甚至其他的一切诗人的东西，好些作品混在一起，有毒的部分抵消了，留下滋养的成分；不负责的部分没有了，留下负责的成分。因为，我们知道凡是能够永远流传下去的东西，差不多可以说是好的，时间和读者会无情的淘汰坏的作品。我以为我们可以有一个可靠的选本，这位批评家应该懂得人生，懂得诗，懂得什么是效率，懂得什么是价值的这样一个人。

我以为诗是应该自由发展的。什么形式什么内容的诗我们都要。我们设想我们的选本是一个治病的药方，那么里面可以有李白，杜甫，陶渊明，苏东坡，歌德，济慈，莎士比亚；我们可以假想李白是一味大黄吧，陶渊明是一味甘草吧，他们都有用，我们只要适当的配合起来，这个药方是可以治病的。所以，我们与其去管诗人，叫他负责，我们不如好好的找到一个批评家，批评家不单给我们以好诗，而且可以给社会以好诗。

历史是循环的，所以我现在想提到历史来帮助我们了解我们的时代，了解时代赋予诗的意义，了解我们批评的态度。封建的时代我们看得出只有社会，没有个人，《诗经》给他们一个证明。《诗经》的时代过去了，个人从社会里边站出来，于是我们发觉《古诗十九首》实在比《诗经》可爱，《楚辞》实在比《诗经》可爱。因为我们自己现在是个人主义社会里的一员，我们所以喜爱那个人的表现，我们因之觉得《古诗十九首》比《诗经》对我们亲切。《诗经》的时代过去了之后，个人主义社会的趋势已经非常明显了。而且实实在在就果然进到了个人主义社会。这时候只有个人，没有社会。个人是鸩沉于自己的享乐，忘记社会，个人是觅求“效率”以增加自己愉悦的感受，忘记自己以外的人群。陶渊明时代有多少人过极端苦闷的日子，但他不管，他为他自己写下闲逸的诗篇。谢灵运一样忘记社会，为自己的愉悦而玩弄文字——当我们想到那时别人的苦难，想着那幅流民图，我们实实在在觉得陶渊明与谢灵运之流是多么无心肝，多么该死——这是个人主义发展到极端了，到了极端，即是宣布了个人主义的崩溃，灭亡。杜甫出来了，他的笔触到广大的社会与人群，他为了这个社会与人群而共同欢乐，共同悲苦，他为社会与人群而振呼。杜甫之后有了白居易，白居易不单是把笔濡染着社会，而且他为当前的事物提出他的主张与见解。诗人从个人的圈子走出来，从小我而走向大我，《诗经》时代只有社会，没有个人，再进而只有个人没有社会，进到这时候，已经是成为了个人社会（Individual Society）了。

到这里，我应提出我是重视诗的社会的价值了。我以为不久的将来，我们的社会一定会发展成为Society of Individual，Individual for Society（社会属于个人，个人为了社会）的，诗是与时代共同呼吸的，所以，我们时代不单要用效率论来批评诗，而更重要的是以价值论诗了，因为加在我们身上的将是一个新时代。

诗是要对社会负责了，所以我们需要批评。《诗经》时代何以没有批评呢？因为，那些作品都是负责的，那些作品没有“效率”，但有“价值”，而且全是“教育的价值”，所以不用批评了（自然，一篇实在没有价值的东西也可以说得出价值来的，对这事我们可以不必论及了）。个人主义

时代也不要批评，因为诗就是给自己享受享受而已，反正大家标准一样，批评是多余的；那时候不论价值，因为效率就是价值（诗话一类的书就只在谈效率，全不能算是批评）。但今天，我们需要批评，而且需要正确而健康的批评。

春秋时代是一个相当美的时代，那时候政治上保持一种均势。孔子删诗，孔子对于诗作过最好的，最合理的批评。在《左传》上关于诗的批评我认为是对的，孔子注重诗的社会价值。自然，正确的批评是应该兼顾到效率与价值的。

从目前的情形看，一般都只讲求效率了，而忽视了价值，所以我要大声疾呼请大家留心价值。有人以为着重价值就会忽略了效率，就会抹煞了效率。我以为不会。这种担心是多余的。我们不要以为效率会被抹煞，只要看看普遍的情形。我们不是还叫读诗叫欣赏诗呢？我们不是还很重视于字句声律这些东西吗？社会价值是重要的，我们要诗成为“负责的宣传”，就非得重价值不可，因为价值实在是被“忽视”了。

诗是社会的产物，若不是于社会有用的工具，社会是不要他的。诗人掘发出了这原料，让批评家把他做成工具，交给社会广大的人群去消化。所以原料是不怕多的，我们什么诗人都要，什么样的诗都要，只要制造工具的人技术高，技术精。

我以为诗人有等级的，我们假设说如同别的东西一样分作一等二等三等，那么杜甫应该是一等的，因为他的诗博，大，有人说黄山谷，韩昌黎，李义山等都是从杜甫来的，那么杜甫是包罗了这么多“资源”，而这些资源大部是优良的美好的，你只念杜甫，你不会中毒，你只念李义山就糟了，你会中毒的，所以李义山只是二等诗人了。陶渊明的诗是美的，我以为他诗里的资源是类乎珍宝一样的东西，美丽而没有用，是则陶渊明应列在杜甫之下。

所以，我们需要懂得人生，懂得诗，懂得什么是效率，懂得什么是价值的批评家为我们制造工具，编制选本，但是，谁是批评家呢？我不知道。

人民的诗人——屈原

古今没有第二个诗人像屈原那样曾经被人民热爱的。我说“曾经”，因为今天过着端午节的中国人民，知道屈原这样一个人的实在太少，而知道《离骚》这篇文章的更有限。但这并不妨碍屈原是一个人民的诗人。我们也不否认端午这个节日，远在屈原出世以前，已经存在，而它变为屈原的纪念日，又远在屈原死去以后。也许正因如此，才足以证明屈原是一个真正的人民诗人。惟其端午是一个古老的节日，“和中国人民同样的古老”，足见它和中国人民的生活如何不可分离，惟其中国人民愿意把他们这样一个重要的节日转让给屈原，足见屈原的人格，在他们生活中，起着如何重大的作用。也惟其远在屈原死后，中国人民还要把他的名字，嵌进一个原来与他无关的节日里，才足见人民的生活里，是如何的不能缺少他。端午是一个人民的节日，屈原与端午的结合，便证明了过去屈原是与人民结合着的，也保证了未来屈原与人民还要永远结合着。

是什么使得屈原成为人民的屈原呢？

第一，说来奇怪，屈原是楚王的同姓，却不是一个贵族。战国是一个封建阶级大大混乱的时期，在这混乱中，屈原从封建贵族阶级，早被打落下来，变成一个作为宫廷弄臣的卑贱的伶官，所以，官爵尽管很高，生活尽管和王公们很贴近，他，屈原，依然和人民一样，是在王公们脚下被践踏着的一个。这样，首先在身份上，屈原便是属于广大人民群众的。

第二，屈原最主要的作品——《离骚》的形式，是人民的艺术形式，“一篇题材和秦始皇命博士所唱的‘仙真人诗’一样的歌舞剧”。虽则它可

能是在宫廷中演出的。至于他的次要的作品——《九歌》，是民歌，那更是明显，而为历来多数的评论家所公认的。

第三，在内容上；《离骚》“怨恨怀王，讥刺椒兰”，无情的暴露了统治阶层的罪行，严正的宣判了他们的罪状，这对于当时那在水深火热中敢怒而不敢言的人民，是一个安慰，也是一个兴奋。用人民的形式，喊出了人民的愤怒，《离骚》的成功不仅是艺术的，而且是政治的，不，它的政治的成功，甚至超过了艺术的成功，因为人民是最富于正义感的。

但，第四，最使屈原成为人民热爱与崇敬的对象的，是他的“行义”，不是他的“文采”。如果对于当时那在暴风雨前窒息得奄奄待毙的楚国人民，屈原的《离骚》唤醒了他们的反抗情绪，那么，屈原的死，更把那反抗情绪提高到爆炸的边沿，只等秦国的大军一来，就用那溃退和叛变的方式，来向他们万恶的统治者，实行报复性的反击。（楚亡于农民革命，不亡于秦兵，而楚国农民的革命性的优良传统，在此后陈胜吴广对秦政府的那一著上，表现得尤其清楚。）历史决定了暴风雨的时代必然要来到，屈原一再的给这时代执行了“催生”的任务，屈原的言，行，无一不是与人民相配合的，虽则也许是不自觉的。有人说他的死是“匹夫匹妇自经于沟壑”，对极了，匹夫匹妇的作风，不正是人民革命的方式吗？

以上各条件，若缺少了一件，便不能成为真正的人民诗人。尽管陶渊明歌颂过农村，农民不要他，李太白歌颂过酒肆，小市民不要他，因为他们既不属于人民，也不是为着人民的。杜甫是真心为着人民的，然而人民听不懂他的话。屈原虽没写人民的生活，诉人民的痛苦，然而实质的等于领导了一次人民革命，替人民报了一次仇。屈原是中国历史上惟一有充分条件称为人民诗人的人。

图书在版编目（CIP）数据

倾听闻一多：七子之歌 / 闻一多著；吾人选编
. -- 北京：中国广播电视出版社，2013. 5
（倾听文学书系 . 学生阅读馆）
ISBN 978 - 7 - 5043 - 6872 - 0

Ⅰ. ①倾… Ⅱ. ①闻… ②吾… Ⅲ. ①闻一多（1899 ~ 1946）—选集 Ⅳ. ①I216. 2

中国版本图书馆 CIP 数据核字（2013）第 054025 号

倾听闻一多——七子之歌
闻一多 著　吾人 选编

责任编辑　杨　凡
封面设计　亚里斯
责任校对　张莲芳

出版发行　中国广播电视出版社
电　　话　010 - 86093580　010 - 86093583
社　　址　北京市西城区真武庙二条 9 号
邮政编码　100045
网　　址　www. crtp. com. cn
电子信箱　crtp8@ sina. com

经　　销　全国各地新华书店
印　　刷　涿州市京南印刷厂

开　　本　680 毫米 × 980 毫米　1/16
字　　数　160(千)字
印　　张　13. 25
版　　次　2013 年 5 月第 1 版　2013 年 5 月第 1 次印刷

书　　号　ISBN 978 - 7 - 5043 - 6872 - 0
定　　价　26. 00 元